A CHUVA AMARELA

A CHUVA AMARELA

Julio Llamazares

Tradução
MONICA STAHEL

Martins Fontes
São Paulo 1997

Esta obra foi publicada originalmente em espanhol com o título LA LLUVIA AMARILLA, por Seix Barral, Barcelona, em 1988

1ª edição
agosto de 1997

Tradução
MONICA STAHEL

Preparação do original
Vadim Valentinovitch Nikitin
Revisão gráfica
Alice Kobayashi
Produção gráfica
Geraldo Alves
Paginação/Fotolitos
Studio 3 Desenvolvimento Editorial
Capa
Katia Harumi Terasaka

Dados Internacionais de Catalogação na Publicação (CIP)
(Câmara Brasileira do Livro, SP, Brasil)

Llamazares, Julio
A chuva amarela / Julio Llamazares ; tradução Monica Stahel. – São Paulo : Martins Fontes, 1997.

Título original: La lluvia amarilla.
ISBN 85-336-0730-X

1. Romance espanhol I. Título.

97-3575 CDD-863.6

Índices para catálogo sistemático:
1. Romances : Século 20 : Literatura espanhola 863.6
2. Século 20 : Romances : Literatura espanhola 863.6

Livraria Martins Fontes Editora Ltda.
Rua Conselheiro Ramalho, 330/340
01325-000 São Paulo SP Brasil
Tel. (011) 239.3677 Fax (011) 605.6867
e-mail: info@martinsfontes.com
http://www.martinsfontes.com

JULIO LLAMAZARES nasceu no povoado desaparecido de Vegamián (León) em 1955. Licenciado em Direito, abandonou muito cedo o exercício da advocacia para dedicar-se ao jornalismo escrito, radiofônico e televisivo em Madri, cidade onde mora. Publicou dois livros de poemas, *La lentitud de los bueyes* (1979) e *Memoria de la nieve* (1982), que obteve o prêmio Jorge Guillén, e um insólito ensaio narrativo, *El entierro de Genarín* (1981). Pela Seix Barral, publicou seus livros posteriores: *El río del olvido* (1990), *En Babia* (1991), e as novelas *Luna de lobos* (1985), *La lluvia amarilla* (1988) e *Escenas de cine mudo* (1994), que o situaram entre as figuras de maior destaque da narrativa espanhola atual.

MONICA STAHEL nasceu em São Paulo, em 1945. Formou-se em Ciências Sociais, pela USP, em 1968. Na década de 70 ingressou na área editorial, exercendo várias funções ligadas à edição e produção de livros. Durante os doze anos em que teve nesta editora, como tarefa principal, a avaliação de traduções e edição de textos, desenvolveu paralelamente seu trabalho de tradutora, ao qual hoje se dedica integralmente. Fez várias traduções do francês e do espanhol, destacando-se entre as mais recentes *O limpo e o sujo*, de G. Vigarello; *Porto Sudão*, de Oliver Rolin; e *O sorriso etrusco*, de José Luis Sampedro

Para Kerstin Ärlemalm

Ainielle existe.

No ano de 1970, ficou completamente abandonado, mas suas casas ainda resistem, apodrecendo em silêncio, em meio ao esquecimento e à neve, nas montanhas do Pireneu de Huesca que se chamam Sobrepuerto.

Todos os personagens deste livro, no entanto, são pura fantasia de seu autor, embora (sem ele saber) bem pudessem ser os verdadeiros.

1

Quando chegarem ao alto de Sobrepuerto, certamente estará começando a anoitecer. Sombras espessas avançarão como ondas pelas montanhas, e o sol, turvo e desfeito, cheio de sangue, se arrastará diante delas agarrando-se já sem forças aos tojos e ao amontoado de ruínas e escombros do que fora, em outros tempos (antes daquele incêndio que surpreendeu dormindo a família inteira e todos os seus animais), a solitária Casa de Sobrepuerto. O que estiver encabeçando o grupo se deterá a seu lado. Contemplará as ruínas, a solidão imensa e tenebrosa da paragem. Irá benzer-se em silêncio e esperar que os outros o alcancem. Todos virão essa noite: José, da Casa Pano, Regino, Chuanorús, Benito o Carvoeiro, Aineto e seus dois filhos, Ramón, da Casa Basa. Todos eles homens endurecidos pelos anos e pelo trabalho. Homens valentes, acostumados desde sempre à solidão e à tristeza destas montanhas. Mas, apesar disso – e dos paus e escopetas de que sem dúvida nenhuma virão armados –, uma sombra de medo e de inquietude envolverá, essa noite, seus olhos e seus passos. Também contemplarão por um instante as paredes caídas do casarão queimado e, depois, o lugar, à distância que algum deles logo apontará com a mão.

Ao longe, diante deles, no declive oposto da montanha, os telhados e as árvores de Ainielle, asfixiados entre penhascos e terraços, começarão então a se fundir com as primeiras sombras de uma noite que, aqui, contra o poente, sempre chega muito antes. Visto da lombada, Ainielle pende sobre o despenhadeiro, como uma avalanche de lajes e ardósias torturadas, e só nas casas mais baixas – aquelas que rolaram atraídas pela umidade e pela vertigem do rio – o sol ainda conseguirá arrancar alguma última centelha da vidraça e das ardósias. Fora isso, o silêncio e a quietude serão totais. Nem um ruído, nem um sinal de fumaça, nem uma presença ou sombra de presença pelas ruas. Nem mesmo o tremor indefinido de uma cortina ou de um lençol pendurado no frontal de qualquer uma de suas múltiplas janelas. Não poderão adivinhar nenhum sinal de vida à distância. E, no entanto, os que contemplarem o povoado a partir das altas campinas de Sobrepuerto saberão que, aqui, em meio a tanta quietude, a tanto silêncio e tantas sombras, eu já os terei visto e estarei esperando por eles.

Retomarão a marcha. Passadas as ruínas da casa, o caminho continua morro abaixo, em direção ao vale, atravessando carvalhais e barrancos de ardósia. Estreita-se nas ladeiras, grudado à encosta, como uma cobra grande que se arrastasse em busca da umidade próxima. Às vezes, irão perdê-lo brevemente entre os matagais. Outras, desaparecerá por completo, e durante um longo trecho, sob um manto espesso de liquens e tojos. Só eu o pisei em todos estes anos. Caminharão, pois, em silêncio, muito devagar, seguindo estritamente o da frente. Logo chegará até eles o rumor profundo do rio. Uma coruja – talvez esta mesma que agora está cruzando minha janela – alçará seu grito entre os carvalhais. Definitivamente, a noite terá caído e o dirigente do grupo acenderá sua lanterna e deterá seus passos. Todos os homens o imitarão quase no mesmo instante. Como que atraídos por uma mesma sombra, todos os olhos se cravarão na espessura do despenhadeiro. E, então, na contraluz amarelenta e fantasmagórica das lanternas, enquanto as mãos buscam em silêncio, uma vez mais, a carícia nervosa das armas, descobrirão entre os choupos a silhueta do moinho – ainda erguido, a duras penas, sobre a podridão da hera e o esquecimento – e, depois, ao fundo, recortando-se no céu, o perfil melancólico de Ainielle: já diante deles, muito perto, olhando-os fixamente com os olhos ocos de suas janelas.

O borbotão do rio encherá seus corações quando vadearem a correnteza pelo velho pontão de tábuas e terra batida. Talvez, nesse momento, alguém pense em fazer meia-volta e retornar sobre seus passos. Mas será tarde demais. O caminho se perde com o rio depois das primeiras cercas e suas lanternas já terão iluminado a sórdida paisagem de paredes e telhados arrebentados, de janelas caídas, de portões e esquadrias arrancados de seus batentes, de prédios inteiros ajoelhados no chão como reses, ao lado de outros ainda incólumes, desafiantes, que até agora posso ver pela janela. E, em meio a tanto abandono e tanto esquecimento, como se se tratasse de um verdadeiro cemitério, muitos dos recém-chegados conhecerão pela primeira vez o terrível poder das urtigas quando, já de posse das vielas e dos pátios, começam a invadir e a profanar o coração e a memória das casas. Ninguém, a não ser algum louco – muitos pensarão nesse momento –, pode ter resistido completamente só a tanta morte, a tanta desolação por tantos anos.

Durante um longo momento, contemplarão o povoado em meio a um silêncio sepulcral. Todos o conhecem desde há muito tempo. Algum deles, até, teve família aqui e lembrará os tempos em que subia para visitar seus parentes nas festas de outono ou do Natal. Outros voltaram, já nos últimos anos, para comprar gado e alguns móveis velhos quando as pessoas começavam a deixar o povoado e se desfaziam, sem demasiadas exigências, sem excessiva pena ou ambição, de tudo o que pudesse render algum dinheiro para começar uma nova vida nas terras baixas ou na capital. Mas, desde que Sabina morreu, desde que fiquei em Ainielle completamente só, esquecido por todos, condenado a roer minha memória e meus ossos como um cachorro louco de que as pessoas têm medo de se aproximar, ninguém voltou a se aventurar por aqui. Isso faz quase dez anos. Dez longuíssimos anos de total solidão. E, embora de quando em quando tenham continuado a vir de longe até o povoado – quando sobem o morro em busca de lenha ou, no verão, com os rebanhos –, à distância ninguém terá podido imaginar as terríveis dentadas que o esquecimento aplicou neste triste cadáver insepulto.

Portanto, não lhes será nada fácil reconhecer a casa. Além da imprecisão das lembranças, a ruína e a noite aumentarão ainda mais o desconcerto de seus olhos. Talvez algum deles pense que o melhor seria me chamar, romper o espesso nevoeiro do silêncio e deixar que a voz me buscasse atrás de tanta porta aberta, atrás de tanta vidraça quebrada, atrás de tanta sombra densa em cuja negação submergirá sua memória, como agora, a negação indecifrável da noite. Mas a simples idéia bastará para assustá-los. Gritar ali fora seria como fazê-lo no meio de um cemitério. Gritar ali fora serviria apenas para perturbar o equilíbrio da noite e o sono vigilante dos mortos.

Decidirão, por isso, continuar à minha procura em silêncio. Percorrerão o povoado muito próximos uns dos outros, seguindo as lanternas e deixando que o instinto suplante as lembranças onde estas se mostrarem impotentes. Vaguearão pelas ruas e pelos pátios, retornarão sobre seus passos, até que, por fim, depois de muitas voltas, depois de muitas paradas e rodeios, o murmúrio da fonte surja do meio das sombras para recebê-los. Eles a encontrarão ali, sob um bosque de urtigas, coalhada de tristeza e lamas negras. A igreja, no entanto, tardarão bem mais em ver. Já a terão à sua frente, justo ao lado da fonte, mas a luz das lanternas não a descobrirá até que uma cruz de ferro atravesse-a de repente. E, então, colhidos de surpresa, quase sem ânimo para se aproximarem dela, contemplarão de longe o pórtico invadido pelas sarças, as madeiras podres, o telhado vencido e o sólido bastião do campanário que ainda se ergue sobre a destruição e a ruína da igreja como uma árvore de pedra, como um ciclope cego cuja única razão de persistência fosse mostrar ao céu a sem-razão de um olho já vazio. Que no entanto lhes servirá essa noite para se orientarem definitiva e finalmente em sua peregrinação atormentada por Ainielle.

Talvez também se detenham, confusos por um instante, diante da casa de Bescós, atrás das ruínas da igreja. Mas a podridão do telhado e o borbotão de hera que encobre suas janelas e suas portas logo os levarão à certeza de que ali há muito tempo não mora ninguém. Esta então está a seu lado, fechando à sua frente a viela, entre a sombra da nogueira e o contorno cada vez mais impreciso da horta. O capim alto prega-se a suas cercas, e a regueira da fonte, agora solta pelo meio da rua, sem ninguém para se ocupar de canalizá-la até o açude, penetra por entre as árvores corrompendo seus troncos e enchendo-as de musgo. Agrupados ali na frente, os homens rastrearão com suas lanternas a penumbra da entrada e da cocheira, as ruínas do velho telheiro, o compacto hermetismo da casa por trás de suas janelas e suas portas. Provavelmente, num primeiro instante, acreditarão que também esteja abandonada. A hera e o esquecimento juntam-se nela do mesmo modo que no resto das casas, e nada, nem sequer o brilho instintivo de uma lembrança, poderia fazê-los pensar que estão diante da casa que procuravam. O silêncio – este silêncio espesso que inunda cada sala e cada aposento como uma baba negra – é que primeiro trará aos homens a suspeita, depois a certeza, de que estão diante da mesma porta pela qual alguns deles tiraram o caixão com o corpo de Sabina quando em Ainielle já não restava ninguém que pudesse me ajudar a transportá-la para o cemitério.

A ferrugem do ferrolho, o rangido sob o empurrão de uma mão, bastará para romper o equilíbrio da noite e suas profundas bolsas de silêncio. Como que assustado consigo mesmo, quem ousar fazê-lo voltará sobre seus passos e o grupo inteiro ficará paralisado, imóvel, em silêncio, escutando a angustiante sucessão do eco pelo povoado. Por um instante, pensarão que aqueles golpes nunca mais voltarão a se deter. Por um instante, chegarão a temer que Ainielle inteiro desperte de seu sono – depois de tanto tempo – e que os fantasmas de seus antigos habitantes de repente apareçam de novo à porta de suas casas. Mas os segundos passarão, lentos, intermináveis, e nem mesmo nesta casa, em que tal aparição seria de esperar, ocorrerá absolutamente nada de estranho. O silêncio e a noite voltarão a se apossar do povoado e a luz das lanternas se estilhaçará de novo contra a porta, sem encontrar o brilho acuado de meus olhos diante delas.

Os homens já saberão, porém, que não posso estar muito longe. Isso lhes dirá o murmúrio negro da regueira e a sombra da nogueira na fachada. Isso lhes dirá a perfeição da noite por trás das janelas. Talvez achem que, ao vê-los se aproximarem pelo morro, eu tenha me trancado a chave no canto mais oculto e mais inacessível da casa. Ou talvez não. Talvez suspeitem, ao contrário, que, sabendo ser este o primeiro lugar em que viriam me procurar, eu tenha me escondido no morro ou entre as sombras e ruínas de outra casa, de onde, no mínimo, possa estar nesse instante espiando-os pelas costas. Em todo caso, todos também já estarão convencidos de que nunca sairei de minha toca enquanto eles permanecerem no povoado. E também de que, se conseguirem me encontrar, irei oferecer-lhes mais resistência do que, sem dúvida alguma, já esperavam.

No entanto, não terão outra escolha. Quando vierem a Ainielle, será para me encontrar. Quando chegarem ali, na frente desta casa, nem sequer contarão com a ajuda de uma noite que avançará contra eles, enquanto, nas cozinhas de Berbusa, suas mulheres e seus filhos continuarão, impacientes, esperando seu regresso. De modo que, mais cedo ou mais tarde, algum dos homens romperá a indecisão dos outros e, empunhando sua escopeta, chegará decidido até a porta. Alguém o iluminará com a lanterna enquanto ele mira o ferrolho de perto. Talvez faça um sinal aos outros para que se afastem. Mas não terão tempo. O estampido será tão contundente, tão brutal, que deterá todos eles repentinamente, no meio do movimento.

Quando conseguirem reagir, a reverberação do disparo já terá começado a se desvanecer. Um cheiro penetrante invadirá a rua e uma nuvem de fumaça se desfará na noite, por cima das árvores do quintal. Temerosos, os homens começarão a se aproximar muito devagar da porta. A fechadura terá saltado como uma lasca seca e um pequeno empurrão será suficiente para oferecer a boca inteira do corredor às lanternas. Atropeladamente, com a respiração entrecortada e o pulso a ponto de arrebentar, revistarão um por um os aposentos de baixo e a despensa, a morna – ainda – solidão da cozinha, os cantos subterrâneos e sem luz da adega. A partir desse instante, tudo acontecerá então com rapidez vertiginosa. A partir desse instante (e horas depois, ao tentar lembrar os fatos para contá-los), nenhum deles poderá saber exatamente de que modo a suspeita deu lugar à certeza. Porque, quando o primeiro começar a subir as escadas, todos já saberão com certeza o que, aqui, os esperava havia muito tempo. Um frio repentino e inexplicável o antecipará. Um ruído de asas negras baterá nas paredes, advertindo. Por isso, ninguém gritará aterrado. Por isso, ninguém iniciará o sinal da cruz ou o da repugnância quando, atrás dessa porta, as lanternas afinal me descobrirem sobre a cama, ainda vestido, olhando-os de frente, devorado pelo musgo e pelos pássaros.

2

Sim. Certamente me encontrarão assim, ainda vestido e olhando-os de frente, quase do mesmo modo como encontrei Sabina entre as máquinas do moinho. Só que eu, aquele dia, não tive outras testemunhas de meu achado além da cadela e do gemido mordaz do nevoeiro quebrando-se contra as árvores do rio.

(É estranho lembrar-me disto agora, quando o tempo já começa a se consumir, quando o medo atravessa meus olhos e a chuva amarela vai apagando deles a memória e a luz dos olhos queridos. De todos, menos dos de Sabina. Como esquecer aqueles olhos frios que se cravavam nos meus enquanto tentava romper o nó que ainda queria inutilmente amarrá-los à vida? Como esquecer aquela longa noite de dezembro, a primeira que eu passava completamente sozinho em Ainielle, a mais longa e desolada das noites de minha vida?)

Já fazia dois meses que os da Casa Julio tinham ido embora. Esperaram o centeio amadurecer, venderam-no em Biescas junto com as ovelhas e alguns móveis velhos e, uma manhã de outubro, antes de se fazer dia, carregaram na égua as coisas que puderam e se afastaram pelo morro até a estrada. Também, aquela noite, corri para me esconder no moinho. Fazia isso sempre que alguém ia embora, para não ter de me despedir, para ninguém ver a dor que me sufocava cada vez que, em Ainielle, mais uma casa se fechava. E lá, sentado na penumbra, como mais uma peça entre as da maquinaria já imprestável do moinho, ouvia-os sumir pouco a pouco pelo caminho que leva às terras baixas. Aquela vez, no entanto, seria a última. Depois da casa de Julio, já não havia outra para fechar nem outra esperança de vida para Ainielle além das minhas. Por isso, aquela noite, passei-a inteira escondido no moinho. Por isso, aquela noite, quando os da Casa Julio bateram muito cedo à porta da minha, Sabina era a única que ainda podia ouvi-los. Mas ela também não desceu para abrir. Nem chegou até a janela para se despedir deles com um último gesto ou um último olhar. Com a memória e o coração desfeitos pelo pranto, escondeu a cabeça debaixo do travesseiro para não escutar mais as batidas na porta nem os cascos da égua enquanto se afastavam.

Aquele outono foi muito mais fugaz do que de costume. Ainda em outubro, o horizonte se fundiu com as montanhas e, poucos dias depois, chegou o vento da França. Durante vários dias, pela janela da cocheira, Sabina e eu o vimos percorrer os campos solitários, inclinar à sua passagem as cercas dos quintais e as paliçadas, arrancar com crueldade as folhas dos choupos ainda antes de amarelarem. Durante várias noites, sentados junto ao fogo, o escutamos uivar no telhado como um cão raivoso. Era como se aquele rude visitante nunca mais fosse nos deixar. Como se sua irrupção repentina e inesperada não tivesse justamente outra razão que não a de nos fazer companhia naquele primeiro inverno que Sabina e eu haveríamos de passar completamente sozinhos em Ainielle.

Certa manhã, no entanto, ao acordarmos, um profundo silêncio encarregou-se de nos anunciar que também ele se fora. Da janela deste quarto contemplamos os vestígios de sua passagem: ardósias e madeiras arrancadas, postes caídos, galhos quebrados, terraços, sementeiras e muros arrasados. Aquela vez o vento fora mais feroz do que de costume. Pelo barranco abaixo, havia se enfurecido, e numerosos choupos jaziam no chão ou inclinavam-se por cima dele com as raízes à mostra e a terra em suas bases removida. Antes de ir embora, o vendaval se reagrupara entre as casas. Como um animal ferido, havia se contorcido e sacudido, e, agora, uma insólita semeadura de pássaros e folhas se espalhava pelo povoado, como despojos inocentes de uma cruel e vandálica batalha. As folhas se amontoavam em espirais junto das cercas. Os pássaros jaziam entre elas depois que o vento os arremessara com violência contra as árvores e as vidraças das casas. Alguns ainda pendiam dos beirais e dos galhos. Outros batiam as asas torpemente, ainda agonizando no meio da rua. Durante toda a manhã, Sabina andou recolhendo-os com a vareta quebrada de um guarda-chuva. Depois, fez uma fogueira no galinheiro da Casa Lauro e, diante do olhar decepcionado da cadela e de mim mesmo, regou-os com azeite e ateou fogo no butim que o vendaval abandonara em sua fuga.

Logo chegou novembro, com seu pálido alento de luas e folhas mortas. Os dias foram se tornando cada vez mais curtos, e as noites intermináveis junto do fogão começaram a nos submergir pouco a pouco em um profundo tédio, em uma pétrea e desolada indiferença contra a qual as palavras se desmanchavam como areia e na qual as lembranças quase sempre davam lugar a imensas extensões de sombra e de silêncio. Antes, quando Julio e sua família ainda estavam aqui (e, também antes, quando Tomás ainda não tinha morrido e mantinha tenazmente, sozinho, a velha casa e a memória de Gavín), nós todos nos reuníamos em uma das casas, junto do fogão, e ali, durante longas horas, enquanto a neve e a ventisca gemiam no alto do telhado, passávamos as noites do inverno contando-nos histórias e recordando pessoas e acontecimentos, quase sempre de outro tempo. O fogo, então, nos unia mais do que a amizade e do que o sangue. As palavras serviam, como sempre, para afugentar o frio e a tristeza do inverno. Agora, em compensação, o fogo e as palavras tornavam-nos, Sabina e eu, mais distantes, as lembranças tornavam-nos cada vez mais silenciosos e afastados. E, assim, quando chegou a neve, a neve já estava havia muito tempo em nossos próprios corações.

Foi um dia de dezembro, véspera de Natal, a primeira desde que nós dois estávamos sozinhos em Ainielle e, por isso, a que ambos mais temíamos. Aquele dia, eu subira muito cedo até as cabanas de Escartín com a escopeta. O javali estivera fuçando pelos quintais, buscando debaixo do gelo a raiz da batata bem junto das cercas das casas, e, de manhã, uma escura regueira de terra removida denunciava sua visita noturna e clandestina. A cadela demorou muito, no entanto, para encontrar seu rastro. Ainda era filhote e a toda hora se perdia por entre as árvores, correndo atrás do vôo de algum pássaro. Além disso, uma brisa gélida, já tocada pela mão invisível da neve, chegava dos desfiladeiros, confundindo os cheiros do morro e suas mensagens. Por fim, ao meio-dia, quando já começava a perder a esperança de encontrar nosso visitante da noite, eu o vi, ao longe, aparecer entre uns matagais, atravessar o arroio de La Yosa chapinhando no lodo e começar a subir pela encosta bem na direção de onde eu o esperava. Fiz um sinal para a cadela ficar onde estava, quieta e em silêncio, e deitei-me atrás de uma parede com a escopeta preparada e a faca à mão. O javali vinha subindo pela encosta com passo lento e despreocupado. Inchado pelo peso de seu empaturramento noturno, acostumado à tranqüilidade e ao abandono em que o despovoamento das aldeias das redondezas havia submergido ultimamente aqueles bosques e despenhadeiros, caminhava entre os carvalhos com a segurança e a confiança de quem já começara a se julgar seu único dono e habitante. O chumbinho arrebentou-lhe o olho direito, lançou-o a mais de um metro de distância e deixou-o se revolvendo no chão, grunhindo de dor e de surpresa. Ainda tive, no entanto, de meter-lhe dois outros tiros, um no ventre e outro na garganta, antes de me aproximar para interromper sua escabrosa agonia com uma punhalada funda e firme.

Aquela noite, não consegui dormir até muito tarde. A ventisca recrudescia no telhado e nas vidraças e a cadela latia na entrada, vigiando de longe a sombra ensangüentada que agora pendia de uma viga, de boca para baixo, atada com a corda que, à tarde, servira-me para arrastar o javali das cabanas de Escartín até esta casa. Fazia muito tempo que nada quebrava a rotina de minha vida e, aquela noite, demorei a dormir lembrando uma e mil vezes, como numa imagem fixa e congelada, cada detalhe do que acontecera ao meio-dia.

Quando acordei, ainda não havia amanhecido. O aposento estava completamente escuro, mas uma luz gelada estalava nas vidraças, marcando com estranha timidez o pequeno retângulo da janela. Era a neve, que caía como uma maldição antiga e branca sobre Ainielle e que mais uma vez começava a sepultar inteiramente os telhados e as ruas. A ventisca amainara e uma calma profunda estendia-se agora pelo povoado, enchendo-o de desamparo e de silêncio. Durante alguns instantes, enquanto o sono voltava a se apoderar de meus olhos, a neve da infância começou a fundir-se neles – como se a visão da janela e da neve que caía sobre o povoado também fizesse parte da lembrança –, acrescentando à noite a esteira de outras noites, arrancando do esquecimento a solidão primeira, transformando em memória o olhar e o sono. Mergulhado nesse nevoeiro, virei-me para continuar dormindo. Foi então que, de repente, me dei conta de que Sabina não estava mais na cama.

Procurei-a inutilmente pela casa: nos cômodos de baixo, na cozinha, no depósito das ferramentas, no sótão, na adega. Na entrada, também não achei a cadela. Só a sombra escura do javali continuava pendurada na viga, alimentando com seu sangue o charco que, debaixo dela, rompia a brancura perfeita da neve. Descobri as pegadas na porta, já quase se apagando. Segui-as lentamente, grudado às paredes das casas, enquanto sentia os flocos estalarem contra meus olhos e um medo inexplicável crescer como a noite dentro deles. As pegadas chegavam até a Casa Juan Francisco, dobravam bruscamente por trás do telheiro e perdiam-se ao longe, por entre os paredões em ruínas da igreja. Parado no fim da rua, contemplei trêmulo a solidão imensa da noite à minha volta. Escutei por alguns instantes: só minha própria respiração rompia as lâminas geladas e infinitas do silêncio. Encolhi-me na jaqueta para tentar proteger-me da neve e continuei caminhando atrás do rastro de Sabina. Atravessei assim todo o povoado, atento a qualquer ruído e detendo-me a cada passo para interrogar a noite, até que, pouco a pouco, passadas as ruínas da escola e os antigos telheiros de Gavín, as pegadas na neve começaram a se tornar mais nítidas e profundas e a suspeita de sua proximidade a se transformar num pressentimento. Finalmente a vi, no fim da rua, prestes a sumir pelo caminho de Berbusa, e naquele instante eu soube que nunca mais haveria de esquecer aquela imagem: em meio ao silêncio e à neve, por entre a desolação e as ruínas das casas, Sabina vagava pelo povoado, como uma aparição ou um hálito irreal, seguida docilmente pela cadela.

Durante as noites seguintes, voltou a acontecer a mesma coisa. Perto das cinco ou seis da manhã, com a noite ainda encurralada entre os morros, Sabina levantava-se da cama, abandonava o aposento sem fazer barulho e, sempre acompanhada pela cadela, vagava pelas ruas solitárias e nevadas, até que a primeira luz do dia despontasse sobre Ainielle. Eu a via levantar-se fingindo estar adormecido, depois a seguia, através da janela, até sua silhueta sumir no fim da rua, e voltava à cama para tentar inutilmente recuperar um sono estremecido e já impossível. De manhã, quando me levantava cansado de dar tratos à cabeça buscando uma razão para a tristeza de Sabina, encontrava-a novamente sentada junto do fogo, na cozinha, com a respiração corroída pela fumaça e o olhar distante e inexpressivo.

Pouco a pouco, à medida que os dias foram se sucedendo (e, sobretudo, desde aquele em que a neve irrompera em nossas vidas com sua espiral interminável de gelo e céus líquidos), Sabina fora caindo num profundo estado de indolência e num profundo mutismo. Passava suas horas sentada diante do fogo ou contemplando o descampado da rua através do postigo, totalmente alheia à minha presença. Eu a via perambular pela casa como uma sombra, espiava de soslaio seu olhar à contraluz atormentada das chamas, sem saber como salvar aquela fria distância de seus olhos, sem encontrar a maneira de romper a espessa malha de silêncio que já ameaçava apoderar-se inteiramente da casa e de mim mesmo. Era como se as palavras tivessem perdido de repente todo seu significado e seu sentido, como se a fumaça do lume levantasse entre nós uma cortina impenetrável que transformasse nossos rostos nos de dois desconhecidos. Sentado diante dela, com a nevada lá fora impedindo a saída, eu caía então numa obscura e turva sonolência – alimentada pela desolação insone e torturada da noite – ou ficava absorto, contemplando, também durante horas, o bosque calcinado no qual queimavam os tojos e, com eles, minhas lembranças. Mas, às vezes, o uivo do silêncio era tão forte, tão profundo que, incapaz de suportá-lo por mais tempo, eu abandonava a cozinha, buscando na penumbra da entrada o calor e o olhar, mais humano, da cadela.

Na noite em que morreu, Sabina levantou-se da cama muito antes que outras vezes. Ainda era uma e meia da madrugada e fazia apenas uma hora que tínhamos deitado. Mergulhado na penumbra – e na simulação de um sono que a própria ansiedade de sua conquista me negava –, senti o frio repentino de seu vazio entre os lençóis, o sussurro aprendido das roupas quando ela se vestia e os passos sigilosos que se afastavam pela escada sem fazer barulho. Senti depois, também, o sobressalto da cadela na entrada quando os passos a despertaram e o lamento enferrujado das dobradiças da porta quando Sabina abandonou a casa. Aquela noite, porém, não saí atrás dela. Nem me levantei, como outras vezes, para espiar seus movimentos através da janela. Aquela noite, um frio inexplicável paralisou meu coração e me manteve imóvel sob o peso dos cobertores, enquanto a escuridão e a angústia do silêncio voltavam a se apoderar da casa. Permaneci assim durante várias horas, ouvindo ao longe as linguagens confusas do silêncio e da neve, até que, já no limiar da manhã, vencido pelo sono e pela espera, finalmente despenquei como um corpo sem peso num agitado e interminável pesadelo: a neve que havia dias caía sem descanso sobre Ainielle, já de posse dos telhados e das ruas, arrebentara as portas e janelas da casa, e se espalhava pouco a pouco pelos aposentos, cobrindo as paredes e ameaçando sepultar também a cama em que eu permanecia preso por uma força estranha, que me impedia de me levantar e escapar daquele pesadelo interminável.

Quando acordei, estava amanhecendo. A fria luz que salpicava as vidraças – restos de gelo e de meu próprio sonho – me fez duvidar por um instante de que, de fato, a neve não tivesse profanado a casa e eu estivesse agora sepultado debaixo dela. Da janela, enquanto me vestia, contemplei a rua. Havia parado de nevar; mas um nevoeiro espesso, coalhado de ameaças, cobria agora as árvores e os telhados mais próximos. Um nevoeiro profundo e cerrado, no qual – imaginei – mais uma vez se fundiria mansamente a fumaça do fogão desta casa. Na cozinha, no entanto, o fogo do lume ainda permanecia apagado e não encontrei Sabina em lugar nenhum. Fui até a entrada em busca da cadela; ela também não estava. E então, de repente, como se a luz da manhã tivesse golpeado violentamente meus sentidos e o infinito desamparo da casa me explodisse entre as mãos, uma suspeita súbita apoderou-se de mim, transformando o silêncio em um novo pesadelo e o sonho da noite em um pressentimento.

Na rua, o nevoeiro agarrava-se às paredes e a umidade gelada da escarcha tornava invisível qualquer rastro recente de passos. Um imenso silêncio enchia todo o povoado, introduzia sua longa língua suja na penumbra das casas remexendo a ferrugem do esquecimento e o pó amontoado pelos anos. Fechei a porta atrás de mim, sem fazer barulho. Procurei na calça o toque familiar do canivete e, com a respiração e o pulso contidos para que não pudessem me delatar à distância, saí andando pelo caminho que Sabina seguia sozinha todas as noites. Lentamente, antecipando os sentidos ao nevoeiro e afundando-me na neve a cada passo, percorri pouco a pouco todo o povoado, sem encontrar sinal algum de suas pegadas. Olhei em cada porta de entrada, atrás de cada esquina e cada cerca. Revistei Ainielle inteiro, rua por rua e casa por casa. Tudo em vão. Era como se a neve e o silêncio a tivessem sepultado. Como se sua figura esquálida se tivesse diluído para sempre em meio ao nevoeiro. Apesar de tudo, dei uma última olhada nas ruínas da igreja, e estava prestes a voltar para casa quando, de repente, me dei conta de que ainda havia um lugar em que não tinha procurado.

De longe, como mais uma sombra entre as sombras que o nevoeiro desenhava, avistei a cadela deitada no caminho. Enroscada na neve, sob o duvidoso amparo dos choupos desfolhados, parecia um animal afogado e abandonado ali pela fúria do rio. Atravessei o pontão e apertei o passo, chamando-a em voz baixa enquanto me aproximava. Mas ela, ao me ver, em vez de correr para mim como em outras ocasiões, levantou-se e recuou lentamente até a porta do moinho, sem deixar de me olhar um só instante. Eu não sabia se, com isso, estava tentando guiar-me ou, ao contrário, se na verdade estava tentando barrar minha passagem. Porém, em seus olhos – e na estranha atitude ameaçadora que a cadela havia adotado desde o primeiro momento (e que me fez lembrar sua solidão amedrontada vigiando o javali no meio da noite e da neve) –, compreendi imediatamente o que me esperava atrás dela e atrás da porta do moinho. Sem refletir um só instante, corri até ela e a abri com uma patada: Sabina estava ali, balançando, pendurada como um saco entre as velhas máquinas; com os olhos imensamente abertos e o pescoço quebrado pela corda com que, algumas noites antes, eu havia pendurado o javali na entrada da casa.

3

Foi a única lembrança que conservei dela. Ainda a trago atada à cintura desde então, e espero que nesse dia, quando vierem me buscar, ela também me acompanhe ao cemitério, com o resto da roupa. Quanto ao mais – os retratos, as cartas, as fotografias –, está tudo ali me esperando, há muito tempo.

No início, quando a despendurei, aniquilado como estava pela descoberta, nem me ocorreu soltá-la daquele laço que oprimia seu pescoço estreitamente. Foi já fora do moinho, quando tentava arrastá-la em meio à neve do caminho, que novamente reparei na presença da corda e, sem saber o que fazer com ela, quase sem me dar conta, amarrei-a à cintura para que não dificultasse mais ainda o já penoso esforço de arrastar o cadáver de Sabina até a casa.

Só voltei a me lembrar dela depois de vários dias. A precipitação dos acontecimentos num primeiro momento (a chegada dos homens de Berbusa – a quem consegui avisar do acontecido depois de caminhar durante horas pelo morro, em meio à neve e à loucura –, o longo e silencioso velório da noite e o posterior enterro de Sabina sob a dura luz gelada daquele amanhecer) e a terrível solidão que se abateu sobre a casa quando os homens voltaram a partir para as suas submergiram-me num estado de total indiferença, do qual demorei muitos dias para sair. Sentado dia e noite junto ao fogo, mal me lembrando de comer ou de dormir, sem levantar do lugar, a não ser para olhar de longe em longe, através do postigo, a sombra da cadela jogada na entrada como um trapo, nem me dei conta de que a corda continuava comigo, amarrada à cintura, como um cinto áspero ou como uma maldição.

Quando o descobri, senti a mesma comoção que agora, novamente, acaba de me sacudir: essa brusca aspereza, de esparto velho e seco, que atravessa a pele, percorre o sangue e dilacera a lembrança como uma queimadura. Às vezes, pensamos que esquecemos tudo, que o óxido e o pó dos anos já destruíram completamente o que um dia confiamos à sua voracidade. Mas basta um som, um cheiro, um toque repentino e inesperado para que, de repente, o aluvião do tempo caia sem compaixão sobre nós e a memória se ilumine com o brilho e a fúria de um relâmpago. Aquela noite, além do mais, a lembrança ainda estava em carne viva. Ou melhor: ainda nem era lembrança, mas a sucessão interminável de uma imagem que continuava morando em meu olhar. Eu estava ali, junto da cama, completamente às escuras, definitivamente arrebentado pelo cansaço e pelo sono e não sei se decidido ou resignado a enfrentar de uma vez a infinita solidão que, havia várias noites, me esperava entre estes lençóis. Foi bem na hora de começar a me despir. De repente, a mão tropeçou em algo estranho e a aspereza inesperada da corda estremeceu-me de cima a baixo, deixando-me aturdido na beira da cama.

Minha primeira intenção foi jogá-la no lume. Porém, quando desci à cozinha, o fogo já se apagara e os rescaldos agonizavam lentamente em meio ao silêncio da noite. Para poder queimar a corda, seria preciso acender novamente o fogo, e eu estava nervoso e muito cansado. Além disso, a lenha também tinha acabado e teria sido preciso voltar à cocheira para buscar mais. Decidi que o melhor seria guardá-la em algum lugar e esperar até o dia seguinte para, de manhã, quando tornasse a me levantar, já mais tranqüilo e esperto, acender o fogão e sentar-me a seu lado, vendo a corda transformar-se pouco a pouco num monte de brasas. No entanto, nem na cozinha nem nos quartos achei um lugar para deixá-la. A imagem de Sabina voltando à noite em busca da corda e meus próprios passos perambulando pela casa – como se fosse um assassino que procurasse um esconderijo inexpugnável para a arma de seu crime – logo me convenceram de que não poderia dormir, nem mesmo pensar em me deitar, enquanto aquele pedaço de corda continuasse dentro da casa. Finalmente, cada vez mais nervoso e excitado, como se aquela corda já começasse a me queimar entre as mãos, saí à rua e a joguei com força, no meio da noite e da neve, o mais longe possível da casa.

Lembro que dormi durante muitas horas: quinze, vinte, talvez. Ou quem sabe mais. Talvez tenha dormido durante dias inteiros – dias que nunca voltei a lembrar nem recuperar –, e aquela luz que voltou a meus olhos (e que, no início, confundi com o primeiro tremor da aurora) não era a claridade do dia seguinte, mas a de dois ou três dias depois. Não sei. Nem jamais tentei averiguá-lo, e agora me importaria menos ainda. Só sei que dormi durante muito tempo, lenta, pesada, interminavelmente, e que, quando acordei, já estava começando a anoitecer de novo.

Na entrada, a cadela continuava imóvel, deitada em seu canto. Mal havia mudado de posição desde a última vez. Mergulhada na penumbra, diante da neve gelada que já ultrapassava o muro do galinheiro e a borda inferior da janela da cocheira, nem se virou para me olhar quando me ouviu descer a escada. Com certeza estava com fome. Passara vários dias sem comer, como eu. Procurei alguma coisa pela casa e, finalmente, encontrei numa arca um pedaço de pão velho e estragado pelo frio. Joguei-o na frente dela, mas a cadela olhou-o apenas por um instante, indiferente, sem sequer se mover do lugar. Depois, virou ligeiramente a cabeça e ficou me olhando com os mesmos olhos frios e apagados, com a mesma inexpressão perturbadora que só alguns dias antes eu descobrira nos olhos insones e queimados pela neve de Sabina.

Entretanto, a noite caíra novamente sobre Ainielle. Aquilo que, no início – ao despertar, enfim, de um sono tão pesado e longo –, eu confundira com a primeira claridade de um novo dia era apenas a sombra desgarrada com que o anoitecer sempre começa, no inverno, a desfazer o horizonte e as montanhas. Senti frio. Fui buscar uma pá e abri uma trilha estreita em meio à neve, até a cocheira. Enquanto eu dormia, nevara novamente – neve sobre a neve e gelo sobre o gelo – e agora o galinheiro estava inteiramente sepultado sob uma capa espessa e dura que me chegava até a cintura. Levei um tempo apartando a neve da frente da porta até finalmente poder abri-la e pegar a lenha necessária para o fogo. Depois, de volta à entrada, deixei a cadela entrar na cozinha e me dispus, uma vez mais, a agüentar a noite junto do fogão. Foi justo ao acendê-lo, no momento em que as chamas começaram a brotar por entre os troncos e uma agradável onda de calor se expandiu suavemente pelo aposento, que voltei a me lembrar da corda que na noite anterior eu jogara no meio da rua.

Chamei a cadela e saí com a lanterna. Fora, um vento rude golpeava os telhados e se enredava com violência por entre os galhos das árvores. O céu estava escuro, carregado com o peso da noite, mas um fulgor intenso envolvia à minha volta a rua e todo o povoado. Pisei a neve e ela quase não se quebrou sob minhas botas. Estava congelando. A cadela me seguiu, afundando na neve a cada passo, até o lugar aproximado – eu tentava lembrar – em que a corda devia ter caído na noite anterior. Não sei se a cadela suspeitava o que eu estava procurando; mas, durante um longo tempo, rastreou, sempre a meu lado, desde o portão do quintal até a vala do açude, desde a velha paliçada de Bescós até a esquina da igreja, toda a parte alta da rua. Porém tudo foi em vão. A última nevada decerto cobrira completamente a corda – a imagem de Sabina voltando para buscá-la enquanto eu estava dormindo assaltou-me de novo – e a lanterna vez por outra resvalava sobre a superfície gelada da rua sem encontrar em lugar nenhum a forma tortuosa que procurava. Voltei para casa em busca da pá e removi toda a neve daquela zona da rua, com o mesmo resultado. Por fim, suado e cansado, com as mãos queimadas pelo frio e a respiração se congelando em minha boca, retornei à cozinha convencido de que por muito tempo não voltaria a ver a corda.

Não demorei a esquecer aquele último incidente. Depois de nossa busca infrutífera na neve, a cadela e eu voltamos para junto do fogo – e, junto dele, a nossas respectivas sonolências –, e o torpor da noite e a fumaça da fogueira foram apagando pouco a pouco de minha mente a áspera lembrança da corda, que agora jazia no meio da rua sob uma grossa laje de gelo e de silêncio. Para minha tranqüilidade – pensei –, aquilo era mais do que suficiente. Ainda ignorava nesse instante a ameaça que já pairava sobre mim e que, naquela mesma noite, voltaria a transformar minha alma num abismo.

Tudo começou com a descoberta daquele velho retrato de Sabina. Estivera sempre ali, na parede da cozinha, bem em cima do escano em cuja ponta ela sempre se sentava e que agora permanecia vazio e imensamente só à minha frente. Era uma antiga fotografia amarelada – Sabina com a roupa de domingo: aquele vestido pobre e preto, aquele xale de linha cinza sobre os ombros, os mesmos brincos do casamento desempoeirados para a ocasião – que um fotógrafo de Huesca havia tirado quando descemos para nos despedir de Camilo na estação. Eu mesmo lhe colocara uma moldura de madeira e o pregara na parede. Desde então – havia vinte e três anos –, sempre estivera ali. Mas os olhos habituam-se a uma paisagem, incorporam-na pouco a pouco a seus costumes e a suas formas cotidianas e acabam por transformála numa lembrança do que o olhar, certa vez, aprendeu a ver. Por isso, aquela noite, quando de repente reparei na presença amarelada do retrato, os olhos de Sabina cravaram-se nos meus como se, naquele instante, ambos se tivessem visto pela primeira vez.

Sobressaltado, desviei o olhar para o lume. Os troncos crepitavam doloridos e, a seu lado, a cadela cochilava mansamente, completamente alheia a meu olhar e à fotografia que, da poeirenta solidão da parede, velava seu sono fiel. Aparentemente, nada era diferente do costume invariável de outras noites. Nada rompia a fisionomia familiar da cozinha ao meu redor. Porém, à contraluz atormentada das chamas, sobre o espaldar do escano agora vazio para sempre, os olhos de Sabina me encaravam fixamente, perseguiam insistentemente os meus, como se continuassem vivos naquele velho papel.

Pouco a pouco, à medida que a noite foi avançando, a presença da fotografia começou a se tornar cada vez mais incômoda e obsessiva. Concentrei o olhar na espiral do fogo. Fechei os olhos, tentando dormir. Mas era tudo inútil. Os olhos amarelos de Sabina me fitavam. Sua solidão antiga espalhava-se como uma mancha úmida por toda a parede. Logo entendi que a tranqüilidade e o sono de horas antes seriam impossíveis enquanto aquele velho retrato continuasse na minha frente.

A cadela acordou sobressaltada, e ficou me olhando, sem entender muito bem. Eu estava junto do escano, nervoso e aturdido, mas disposto a pôr fim àquela situação. A lembrança próxima da corda me impelia. O temor da loucura e da insônia começara a apoderar-se de mim. Tomei o retrato nas mãos e olhei-o mais uma vez: Sabina sorria com uma grande tristeza, seus olhos me fitavam como se ainda pudessem ver. E, na desolação extrema daquele lugar vazio – vazio para sempre –, sua solidão de então atravessou meu coração. Sei que ninguém jamais me acreditaria, mas, enquanto se consumia entre as chamas, sua voz inconfundível chamava por meu nome, seus olhos me fitavam pedindo perdão.

Aterrado, saí da cozinha. Fechei a porta atrás de mim e mergulhei na escuridão. Quase instantaneamente, um frio inexplicável me invadiu. A casa estava gelada, carregada de ameaças, coalhada de silêncio e umidade. No meio do corredor, eu me detive. O eco das chamas se amortecera, mas a voz agora soava de novo junto de mim. Trespassado pelo pânico, olhei ao meu redor. A escuridão era absoluta, enchia minhas pupilas como uma maldição. Um suor frio percorreu-me o rosto. Uma descarga seca me paralisou. Na parede do fundo do corredor, ao lado de um calendário antigo e esquecido, Sabina me fitava novamente, sentada à minha direita no escano, num velho retrato dos dois.

Sem refletir um só instante, arranquei-o de seu lugar e me precipitei pela escada até o quarto. Eu compreendera que precisava agir com rapidez.

As caixas, as arcas, os baús. Os aposentos de cima e o sótão. O guarda-roupa e a cozinha. Nada ficou sem ser revistado. Pouco a pouco, todas as coisas de Sabina – as fotografias, as cartas, os brincos e a aliança de casamento, até mesmo algumas roupas e lembranças de família – foram se amontoando no meio do corredor. Tudo o que pudesse prolongar sua presença dentro da casa. Tudo o que ainda pudesse continuar alimentando seu espírito e sua sombra ao meu redor. Quando voltei a descer, um vento seco batia em toda a casa, golpeava as janelas e as portas, sem encontrar a paz.

No meio da rua, a noite me deteve. Era a mesma noite de horas antes, embora atravessada agora por minha exasperação. Imóvel na neve, respirei longamente o ar frio. Deixei que sua claridade gelada me inundasse. Depois, muito devagar, enquanto a respiração e o pulso pouco a pouco recobravam seu ritmo original, afastei-me da casa, caminhando pela trilha que eu mesmo havia cavado ao me levantar e procurei com a lanterna a velha porteira do quintal. Tive muito trabalho para abri-la. A neve a cobria completamente e o ferrolho rangia, emperrado sob uma crosta negra de gelo e umidade. Por fim, consegui entrar. Contemplei o velho muro, a solidão do poço, as árvores imóveis como fantasmas entorpecidos no meio da neve. Procurei um lugar perto do muro e, depois de tirar a neve de cima com a pá, comecei a cavar. Conforme temia, a terra estava gelada, intumescida pela escarcha e por sua própria solidão. A pá ricocheteava contra ela, dobrava-se sem força entre minhas mãos, como se batesse numa laje ou no nervo vegetal de uma raiz. Tive de cavar durante quase meia hora, com a lanterna na boca e o suor se congelando no meu rosto, até finalmente conseguir abrir uma cova suficientemente larga e profunda para que nela coubesse a maleta na qual colocara todas as coisas e lembranças de Sabina. Era uma velha maleta de madeira e lata. Meu pai a fizera para mim quando fui para o exército e, desde então, fora comigo a todos os lugares. Agora, acompanhava a ela, as duas sozinhas debaixo da terra, em sua viagem definitiva para a eternidade.

Quando voltei para casa estava amanhecendo. Uma luz fria derretia-se como chumbo em meio à bruma, e um pálido fulgor iluminava suavemente o interior da cozinha e o corredor. Tudo estava novamente tranqüilo e em silêncio dentro da casa. Até o fogo, já debilitado e reduzido a um círculo de brasas amarelas, agora acariciava o sono da cadela com a serena placidez de sempre. Lembro que, ao entrar na cozinha, quase sem querer olhei o calendário – depois de tanto tempo. Se minha memória não mentisse, aquela noite que se acabava era a última de 1961.

4

Se minha memória não mentisse. 1961, se minha memória não mentisse. E o que é a memória, por acaso, senão uma grande mentira? Como eu poderia ter certeza, agora, de que aquela era, de fato, a última noite de 1961? Ou de que a velha maleta de madeira e lata de meu pai está realmente apodrecendo no quintal sob um monte de urtigas. Ou – por que não? – de que não foi Sabina que, ao ir embora, arrancou de seu lugar e levou consigo todas as cartas e as fotografias. Não terei sonhado, talvez, ou imaginado tudo para encher com sonhos e lembranças inventadas um tempo abandonado e já vazio? Não terei estado, durante todo este tempo, mentindo para mim mesmo?

Agora vejo o telhado de Bescós recortando-se na lua. A noite esconde todo o resto, inclusive a janela e os barrotes da cama. Sinto, sim, a presença obsessiva de meu corpo – aquela dor de fumaça debaixo do peito, nos pulmões –, porém meus olhos só vêem o telhado de Bescós recortando-se na lua. Mas estarão vendo-o realmente? Não o estarão sonhando como se sonham pessoas e lugares, até mesmo desconhecidos? Não estarão simplesmente recordando a velha imagem de um telhado que, como tantos outros em Ainielle, talvez já tenha caído?

A solidão, decerto, obrigou-me a me enfrentar cara a cara comigo mesmo. Mas também, como resposta, a construir sobre lembranças as pesadas paredes do esquecimento. Nada produz tanto medo num homem como outro homem – sobretudo quando os dois são o mesmo – e essa era a única maneira que eu tinha de sobreviver em meio a tanta ruína e tanta morte, a única possibilidade de suportar a solidão e o medo da loucura. Lembro que, quando criança, eu ouvia de meu pai histórias e acontecimentos de outro tempo, via meus avós e os velhos do povoado sentados junto do fogo e o pensamento de que eles já existiam quando eu nem sequer havia nascido enchia-me de angústia e me doía. Então, sem que ninguém soubesse – sentado no escano, num canto, certamente nem me viam –, ouvia, até adormecer, seus relatos e adotava suas lembranças como minhas. Imaginava os lugares e pessoas de que falavam, outorgava-lhes rostos que acreditava terem tido e, tal como se desenha e se dá forma à imagem de um desejo ou de um pensamento, construía dessa maneira minha memória com as deles. Quando Sabina morreu, a solidão obrigou-me outra vez a fazer o mesmo. Como um rio transbordado, de repente o curso da minha vida se detivera e, agora, diante de mim, estendia-se apenas a imensa paisagem desolada da morte e o outono infinito onde habitam os homens e as árvores sem sangue e a chuva amarela do esquecimento.

A partir desse dia, a memória foi a única razão e a única paisagem da minha vida. Abandonado num canto, o tempo se deteve e, como um relógio de areia quando é virado, começou a correr no sentido contrário ao que mantivera até então. Nunca voltei a sentir a angústia de me aproximar de uma velhice que, durante muito tempo, resistira a aceitar como sendo a minha. Nunca voltei a me dar conta daquele velho relógio que, abandonado num canto, estava inutilmente pendurado na parede da cozinha. De repente, o tempo e a memória se confundiram, e todo o resto – a casa, o povoado, o céu, as montanhas – deixara de existir, a não ser como lembrança muito distante de si mesma.

Foi o começo do fim, a iniciação do longo e interminável adeus em que, a partir de então, minha vida se transformou. Tal como a luz do sol, quando se abre uma janela depois de muitos anos, rasga a escuridão e desenterra de baixo do pó objetos e paixões já esquecidos, a solidão entrou em meu coração e iluminou com força cada canto e cada cavidade da minha memória. Tal como o vento da França, quando aparece de repente arrastando papéis e cardos pelas ruas, bate as portas e irrompe com violência nas entradas e nos aposentos das casas, o tempo sacudiu os muros do silêncio e penetrou entre suas ruínas, arrastando em sua passagem lembranças e folhas mortas. Era a exumação final de todo o sonhado e o vivido, o começo de uma viagem sem volta ao passado que só acabará comigo. Porém, tal como as palavras, ao nascer, criam silêncio e confusão à sua volta, as lembranças também deixam estratos de nevoeiro ao seu redor. Estratos de nevoeiro, espessos e cambiantes, que a melancolia dos anos vai espalhando sobre eles e que pouco a pouco transformam a memória numa paisagem estranha e fantasmagórica. Logo entendi que não encontraria nada igual a antes, que minhas lembranças eram apenas reflexos trêmulos de si mesmas, que minha fidelidade a uma memória desfeita entre nevoeiros e ruínas acabaria se transformando com o passar do tempo em uma nova forma de traição.

Desde então, vivi de costas para mim mesmo. Durante todos estes anos, não era eu que me sentava junto do fogo ou que vagava pelo povoado como um cão abandonado e solitário. Não era eu que a cada noite deitava nesta cama e ficava em silêncio, ouvindo a chuva, até o amanhecer. Durante todos estes anos, era minha lembrança que vagava pelo povoado e se sentava junto do fogo; era minha própria sombra que vinha a cada noite deitar nesta cama e ficava em silêncio ouvindo a chuva e minha respiração. E, agora que para mim está chegando a última noite, agora que o tempo está acabando e minha memória se degelando completamente, como a terra sob o sol depois de um longo inverno, abro os olhos outra vez, olho ao meu redor e encontro apenas esta dor de fumaça debaixo do peito, nos pulmões, a claridade nebulosa e cinzenta da janela, de um lado da cama, e o círculo amarelo da lua recortando ao longe o telhado de Bescós.

5

O telhado e a lua. A janela e o vento. O que ficará de tudo isso quando eu tiver morrido? E, se já estiver morto, quando os homens de Berbusa finalmente me encontrarem e me fecharem os olhos para sempre, em que olhar continuarão vivendo?

Se o outono agora não abrasasse a lua, eu acharia que é a mesma daquele ano-novo. Se a lua agora não queimasse meus olhos, eu pensaria que minha vida, desde então, não foi mais do que um sonho. Um sonho branco, febril, atormentado, como a angústia destes lençóis ou a loucura interminável daquele primeiro inverno. Um sonho branco, febril, atormentado, que os latidos da cadela voltariam a romper como aquele dia, anunciando-me na noite o início do degelo.

A janela e a lua enquadram e iluminam ainda como então aquela primeira lembrança. Uma noite de março, de madrugada, por volta de San José. O vento nas vidraças e a cadela latindo para a lua e me chamando entre sonhos. Já fazia algum tempo, no entanto, que no ar podia-se farejar a morte do inverno. Um frêmito de sementes renascia nos bosques. Uma umidade escura brotava da terra e se espalhava pouco a pouco pelas ruas e pelos quintais. E, no canto gelado da entrada onde ela costumava ficar deitada o tempo todo, uma leve inquietação alvoroçava o coração e o olhar da cadela. Por isso, aquela noite, quando subi para a cama depois de mais um dia inutilmente queimado junto do fogo, demorei para adormecer, recordando primaveras longínquas e esquecidas. Por isso, aquela noite, quando de madrugada os latidos da cadela me acordaram, compreendi que o inverno estava terminando e não consegui voltar a conciliar o sono.

Durante longo tempo, imóvel na cama como agora, permaneci em silêncio. A noite estava calma, adormecida sob o gelo, iluminada apenas por uma lua fria e transparente. Aparentemente, e salvo os latidos já aquietados da cadela, nada estranho poderia distinguir aquela noite de qualquer uma das noites anteriores. O silêncio do povoado, a janela entreaberta, a silhueta indistinta do telhado de Bescós por trás dos vidros embaçados pela escarcha, tudo ao meu redor continuava exatamente como sempre. Mas, quando o amanhecer ia se aproximando e a lua se desfez como fumaça em meio à trepadeira branca da escarcha, um murmúrio obscuro começou a envolver a casa e todo o povoado. No princípio, era apenas um rumor subterrâneo, um passar de água que renascia sob o gelo e percorria lentamente os telhados e as ruas. Porém, depois, quando a luz da aurora finalmente conseguiu romper o longo cerco da noite e, sobretudo, quando o primeiro reflexo de um sol intumescido deslizou pelas montanhas – depois de tanto tempo – desfazendo a janela em sangue e vapor, o murmúrio inicial transformouse rapidamente numa tromba escura e impetuosa. Era o rio, o bramido da neve ao se derreter, as torrentes transbordando pelos caminhos e despenhadeiros que chegam até Ainielle. Era a água, a morte do inverno, o ressurgir do sol e da vida depois de tantos meses sepultados sob o gelo.

Nunca poderei esquecer aquele momento. Fazia tanto tempo que eu esperava sua chegada, tantas vezes o imaginara e desejara ao longo daquele terrível inverno, que, quando finalmente chegou, estive prestes a acreditar que fosse apenas um sonho. Cheguei até a ouvir os passos de Sabina na cozinha e a voz inconfundível de meu pai conversando com Bescós na entrada. Mas não. Aquilo não era um sonho. Aquele rumor de água que eu estava ouvindo certamente vinha de fora da casa. Aquele vapor de sol continuava dessangrando as vidraças, e eu estava acordado, acordado como agora, acordado como outrora, quando a neve e o silêncio da infância ainda envolviam a janela deste quarto e os caramelos de gelo que se penduravam no telhado transformavam-se a meus olhos em aço. Quanto tempo transcorrido desde então. Quanto tempo e quanto aço já acumulado em meus ossos. Mas há imagens que permanecem coladas aos olhos, como lentes transparentes, e que incorporam ao tempo a sensação primeira como se o olho não fosse mais do que um simples espelho da paisagem e o olhar o único reflexo possível de si mesmo.

Aquele dia, no entanto, eu estava longe de sentir a melancólica nostalgia que sua lembrança me traz hoje. Aquele dia, depois de tanto tédio e tanta neve, finalmente amanhecia diferente dos outros e, enquanto me vestia, senti invadir-me a mesma misteriosa inquietação que, em dias anteriores, descobrira no olhar da cadela. Nem me ocupei em acender o fogão, como sempre costumava fazer ao me levantar. Indiferente ao frio que ainda mordia as entradas e as ruas, alheio à umidade que pouco a pouco ensopava minhas botas e minha alma, perambulei pelo povoado durante toda a manhã, como um sobrevivente em meio aos restos de um naufrágio. Depois, reparti com a cadela as sobras do jantar da noite anterior, acendi o cigarro que com tanto trabalho conseguira guardar para aquele instante – fazia duas semanas que meu fumo terminara – e sentei-me no corredor contemplando a vitória do sol sobre o inverno.

Em três ou quatro dias, a neve se desfez por completo. A água do degelo destruiu nas valetas os últimos taludes e as ruas ficaram inundadas de barro. Ao mesmo tempo, as casas começaram a mostrar seus cotos mutilados e seus ossos. Sob o manto uniforme da neve, Ainielle recuperara a imagem homogênea de outro tempo, porém, agora, junto às gretas e ruínas mais antigas, o sol desenterrava os terríveis rasgões que aquele último inverno produzira em muitas das casas. Algumas pareciam mordidas pelo vento, com os telhados arrebentados e as paredes partidas por cruéis rachaduras. Outras, mais velhas e abandonadas por mais tempo – como a de Juan Francisco ou as cocheiras de Acín e de Santiago –, haviam sucumbido definitiva e finalmente à sua derrota e agora jaziam no chão, transformadas em um monte de pedras e madeiras estragadas pela neve. Eu vagava entre elas lembrando-me de seus donos, atravessava as entradas invadidas pelas sarças e percorria as cozinhas e os aposentos arrasados, como um general louco que voltasse sozinho às trincheiras em que todos os seus soldados tivessem desertado ou morrido.

Certa manhã, o sol também desenterrou do barro a sombra de Sabina. A cadela e eu voltávamos do morro, onde tínhamos colocado em meio à neve os alçapões e as armadilhas (no despenhadeiro de Balachas havíamos encontrado dois cães devorados pelos lobos e os despojos putrefatos de uma cabra), quando, ao chegar perto da casa, a cadela se deteve de repente, ficou completamente imóvel no meio da rua e começou a latir, nervosa e assustada, como se tivesse descoberto o rastro de uma víbora por entre as paliçadas sepultadas pela neve. Eu quase já esquecera. Depois daquela noite – aquela longa noite em que, pela primeira vez, a loucura depositou suas larvas amarelas em minha alma –, a paz voltou ao fogo e à casa, e a lembrança inquietante da corda começou a se apagar pouco a pouco na distância. Agora, no entanto, também ela voltara. Mostrava suas pontas em meio ao barro como mais uma raiz entre as das paliçadas, mas, curiosamente, sua presença já não produzia em meu ânimo a sensação de angústia e ameaça que me provocara aquela noite. Agora via a corda como mais um despojo daquele último inverno, lavava-a na neve sem nenhum tipo de medo ou receio e depois a secava em minhas próprias roupas, sem nem me lembrar daquele toque áspero que certo dia transformara minha alma num inferno. E assim, quando, ao voltar para casa, novamente amarrei a corda na cintura – quase sem me dar conta, tal como então, como se o tempo se repetisse uma vez mais –, compreendi que nunca mais ela me abandonaria, porque a corda era a alma sem dono de Sabina.

Com ela na cintura, na manhã seguinte, muito cedo, desci a Biescas. Ainda era noite quando saí de Ainielle. Os caminhos estavam enlameados e o peso das peles mal me permitia caminhar. Eu as trocaria na loja de Pallárs por fumo e por sementes para a semeadura. Depois, passaria pela casa de Bescós para acertar a guarda do rebanho aquela primavera. Lembro que havia neve na baixada. O lago de Santa Orosia estava congelado e um vento frio, com um toque de alecrim, descia dos desfiladeiros do Erata. Mesmo assim, ao passar por Berbusa, dei uma volta. Fazia quatro meses que não falava com ninguém, mas a possibilidade de voltar a fazê-lo também não me tentava. Acostumara-me ao silêncio e, agora, depois de tanto tempo; depois de tantos meses isolado em meio à neve, a fumaça próxima das casas e a presença de pessoas nas ruas – já amanhecera havia um bom tempo – me enchia de temor e receio. Abandonei o caminho antes de entrar no povoado e, enquanto me afastava como um cão sarnento por entre os quintais, lembrei com nostalgia aqueles dias longínquos em que nós de Ainielle descíamos em grupos, cantando pelo caminho, felizes por termos sobrevivido à cólera implacável de mais um inverno.

Agora, no entanto, eu era o único – e o último – sobrevivente e, pelas ruas de Biescas, os habitantes me olhavam como que estranhando ver-me novamente. A notícia da morte de Sabina sem dúvida os impressionara, e muitos, talvez, tivessem imaginado que eu já me reunira a ela ao longo daquele primeiro inverno. Não falei com ninguém. Deixei as peles na loja de Pallárs em troca do fumo e das sementes – lembro que o dinheiro deu para comprar um pouco de azeite – e subi até a casa de Bescós sem me deter nem mesmo no café, como outras vezes. Estava desejando regressar a Ainielle.

Aquele inverno, também o velho morrera. Como Sabina, não resistira por mais tempo. A filha me disse, enxugando as lágrimas, enquanto procurava no armário uma carta que chegara para mim havia vários meses. Pobre Bescós. Ainda me lembro dele, sentado na entrada, sob o beiral dessas telhas que agora a lua recorta em meus olhos. Fora um dos primeiros a abandonar Ainielle. Tinha nove filhos e apenas quatro terras para mantê-los. Ao terminar a guerra, desceu a Biescas para trabalhar na hidrelétrica e, desde então, eu cuidava de suas ovelhas quando subiam aos desfiladeiros de Ainielle na primavera. Mil pesetas e a metade dos cordeiros: esse era o último trato que nós dois tínhamos feito. Agora, porém, também ele estava morto e os filhos haviam vendido as ovelhas. Portanto, não tinha mais nada a fazer em Biescas. Peguei a carta e, em silêncio, despedi-me da filha, sabendo que nunca voltaria a vê-la.

Só abri a carta quando estava bem longe: junto do lago de Santa Orosia, já avistando Ainielle. Lembro que a brisa açoitava o vale e que levei bastante tempo para terminá-la. Era de Andrés, a primeira que escrevia em muitos anos. A primeira, talvez, desde que se fora. Eu quase o havia esquecido. Pelo que contava, Andrés se casara e estava morando na Alemanha havia alguns anos. Junto com a carta, mandava uma fotografia, com a mulher e os dois filhos, na praia, dedicada atrás para sua mãe.

6

Claro, jamais lhe respondi. O que lhe poderia escrever? Contar que sua mãe estava morta e que eu era um fantasma solitário em meio ao esquecimento e às ruínas? Pedir-lhe que esquecesse para sempre o nome de seus pais e do povoado em que ele próprio nascera?

Isso ele já sabia. Isso já devia ter imaginado quando, depois de tanto tempo sem sequer perguntar por nós, escreveu aquela carta condenada de antemão a nunca receber resposta alguma. O tempo acaba sempre aplacando as feridas. O tempo é uma chuva paciente e amarela que apaga pouco a pouco os fogos mais violentos. Mas há fogueiras que ardem debaixo da terra, gretas da memória tão secas e profundas que talvez nem o dilúvio da morte bastasse para extingui-las. Tentamos nos acostumar a conviver com elas, amontoamos silêncios e óxido em cima da lembrança e, quando acreditamos que já esquecemos tudo, basta uma simples carta, uma fotografia, para que se quebre em mil pedaços a lâmina do gelo do esquecimento.

Quando Andrés se foi, sua mãe o chorou como se ele tivesse morrido. Chorou por ele como por Sara. Chorou por ele e o esperou, até sua própria morte, como por Camilo. Eu, por outro lado, no dia em que ele se foi, nem me levantei da cama para me despedir.

Foi um dia de fevereiro, em quarenta e nove, um dia cinzento e frio que nem eu nem Sabina jamais esqueceríamos. Na manhã anterior, Andrés nos dissera. Na realidade, dissera-o várias vezes ao longo daquele último ano. Aquela manhã, porém, uma estranha tristeza em seu olhar e em sua voz avisou-nos que finalmente havia tomado a decisão definitiva. Nem sua mãe nem eu lhe respondemos. Sabina escondeu-se para chorar em algum quarto e eu continuei sentado junto do fogo, imóvel, sem o olhar, como se não o tivesse ouvido. Ele já sabia o que eu pensava. Eu o dissera claramente no primeiro dia. Se fosse embora de Ainielle, se nos abandonasse e abandonasse a seu destino a casa que seu avô erguera com tantos sacrifícios, nunca mais voltaria a entrar nela, nunca mais voltaria a ser olhado como um filho.

Aquela noite, nem Sabina nem eu conseguiríamos dormir. Toda aquela noite – nunca a esquecerei –, Sabina e eu passamos sem dormir, sem nos falar, ouvindo o lamento da chuva nas vidraças e contando as horas que faltavam para que o novo dia despontasse. Antes de amanhecer, Sabina levantou-se para acender o fogo e preparar o café de Andrés. (À noite, enquanto Andrés e eu jantávamos – um na frente do outro, em silêncio, sem nos olhar –, já havia feito sua mala e a comida para a viagem.) Eu fiquei na cama, mergulhado na penumbra, ouvindo a chuva nas vidraças e os passos de Sabina na cozinha. Não demorei a ouvir também os passos de Andrés na escada. Havia um silêncio estranho dentro da casa. Um silêncio de que só anos depois eu voltaria a me lembrar, ao ficar sozinho nela depois da morte de Sabina. Durante longo tempo, imóvel na cama, imóvel como agora (se Andrés voltasse a entrar, iria encontrar-me exatamente do mesmo modo que então), perscrutei aquele silêncio, tentando saber o que acontecia na cozinha. Mas não pude ouvir nada. Só, de vez em quando, algum murmúrio obscuro e esvaído me indicava, através das paredes, que Sabina devia estar dando a Andrés os últimos conselhos, as últimas advertências que a emoção da despedida e a presença certa das lágrimas acabariam sem dúvida transformando em súplicas: escreva-nos, não faça caso de seu pai, esqueça o que ele disse e volte sempre que quiser.

Amanhecia quando ouvi a porta. No início, achei que fosse a porta da rua e pensei que Andrés fosse embora sem se despedir. Mas os passos atravessaram o corredor, subiram a escada muito devagar e, finalmente, pararam diante deste quarto. Andrés demorou bastante para se decidir. Quando o fez, ficou quieto ao lado da porta, olhando-me em silêncio, sem sequer ousar aproximar-se da cama. Sustentei seu olhar por alguns instantes e, depois, antes que pudesse dizer alguma coisa, virei-me e fiquei olhando para a janela, até ele ir embora.

A partida de Andrés ressuscitou as sombras de Sara e de Camilo. A partida de Andrés deixou um vazio tão grande na casa que, embora seu nome nunca tenha voltado a ser pronunciado dentro dela, também nada voltaria a ser igual desde aquele dia. Era lógico. Com Andrés não se ia apenas um filho. Com Andrés iam-se também as últimas possibilidades de sobrevivência da casa e a última esperança de ajuda e companhia que, na velhice cada vez mais próxima e mais temida, sua mãe e eu teríamos algum dia. Por isso aquela vez, quando, ao amanhecer, Andrés fechou atrás de si a porta da casa e se afastou em silêncio, em meio à chuva, em direção à fronteira, pelo caminho antigo dos contrabandistas, os fantasmas de Sara e de Camilo voltaram à casa para preencher o vazio deixado por seu irmão.

Na realidade, a sombra de Camilo nunca chegara a desaparecer definitivamente da casa. Pelo contrário, vagava pelos quartos e aposentos e, nas noites de inverno, ardia entre os troncos projetando seu alento ao nosso redor. Durante muitos anos, tínhamos tentado aceitar aquilo que a morte não nos podia garantir. Durante muitos anos, tínhamos tentado viver de costas para a lembrança e esquecer até a esperança. No entanto é difícil acostumar-se a conviver com um fantasma. É muito difícil apagar da memória os vestígios do passado quando a dúvida alimenta o desejo e acumula esperanças sobre a negação. A morte, pelo menos, tem imagens tangíveis: o túmulo, as palavras, as flores que renovam o rosto da lembrança e, sobretudo, a consciência clara da irreversibilidade que se assenta no tempo e transforma a ausência em costume incorporado. O desaparecimento, em contrapartida, não tem limites nem para si mesmo; não é um estado, mas sua negação.

No início, tanto Sabina como eu resistimos a admitir aquilo que o silêncio vinha sugerindo e que o tempo e a razão faziam pressagiar. Sabina se negou, de fato, até sua morte e, embora nunca o dissesse, esperou por um milagre até o último dia. Mas o milagre era impossível. A guerra terminou, os dias e os meses se passaram sem notícias e pouco a pouco a razão foi suplantando a esperança e a melancolia suplantando o desespero. Camilo não voltou. Seu nome nunca apareceu nas longas listas oficiais dos mortos, mas ele nunca voltou. Apenas sua sombra retornou à casa e fundiu-se nas sombras dos quartos, enquanto seu corpo apodrecia em alguma vala comum de algum povoado da Espanha e na lembrança daquele trem militar que certa manhã partiu da estação de Hiesca para não voltar mais.

Era lógico, portanto, que Camilo voltasse, ao cabo do esquecimento e ao cabo dos anos, para ocupar o lugar deixado pelo irmão. Ele era, na realidade, o primeiro herdeiro. Ele era, na realidade, o designado pelo sangue e pelo costume para herdar meu posto, no dia em que eu morresse, à frente da casa. E, agora, retornava do fundo da noite, ao cabo do esquecimento e ao cabo dos anos, como um fantasma antigo a reclamá-lo.

O fantasma de Sara é que eu não esperava. Fazia tanto tempo que morrera, tantos anos haviam transcorrido desde aquele dia longínquo em que sua respiração febril e atormentada se detivera para sempre, que eu quase já conseguira esquecê-la. Uma tarde, no entanto, apenas alguns dias depois que Andrés fora embora, vi Sabina ao longe, saindo do cemitério. Ela não me viu. Eu voltava do morro, onde fora prender o rebanho, e esperei entre umas árvores até ela se distanciar. Depois, aproximei-me lentamente e, olhando por cima da cerca, descobri arrasado a razão e o motivo de sua estranha visita. Lá, no canto sombrio e já esquecido, junto dos velhos muros tomados pela umidade e pela urtiga, a pequena sepultura de Sara ressurgira por entre as sarças e voltava a ter flores frescas, recentes, depois de tantos anos.

Claro, jamais comentei nada. Sabina continuou indo ao cemitério quase toda semana e eu guardei em silêncio aquele segredo que todos em Ainielle já comentavam em voz baixa. Uma noite, no entanto, Sara também me chamou. Lembro que deviam ser duas da manhã. De repente, sem saber muito bem por quê, acordei sobressaltado. Era uma noite clara. A brisa atravessava as folhas da nogueira e a lua iluminava debilmente a janela. O silêncio da noite era perfeito, como agora, mas havia um ruído estranho dentro da casa. Um arquejar monótono, longínquo, indecifrável, como uma respiração entrecortada. Olhei Sabina. Continuava dormindo, silenciosa, a meu lado, como uma sombra quieta entre os lençóis. Evidentemente, não era ela que respirava daquele modo tão estranho.

Ainda agora me parece impossível que, nesse mesmo instante, eu já não tivesse começado a intuir alguma coisa. Mas, então, eu ainda estava tão longe de saber o que o destino me reservara que, sem pensar, levantei-me discretamente da cama – para não acordar Sabina e alarmá-la – e saí do quarto disposto a descobrir a causa e a origem daquele ruído tão estranho.

No corredor, a escuridão me desnorteou por um instante. Dali, podia ouvir com mais clareza e proximidade aquela respiração entrecortada – já não tinha dúvida nenhuma de que, efetivamente, o que eu escutava era uma respiração –, porém, no início, acreditei que viesse do final da escada e achei que, talvez, um dos cães, sem percebermos, tivesse ficado dentro da casa. Foi ao chegar ao final da escada, ao passar junto da porta que eu mesmo fechara com cadeado havia vinte e cinco anos, que, de repente, me dei conta de que estava enganado. A respiração não vinha da escada nem havia nenhum cão dentro da casa. A respiração soava bem ali, no quartinho fechado a cadeado havia vinte e cinco anos. No qual Sara agonizara e morrera.

Durante alguns segundos, fiquei paralisado. Durante alguns segundos, imóvel no meio do corredor, imóvel como uma árvore, senti a morte atravessar as paredes da casa, arranhar as portas e arrancar pedaços do vento e da minha alma. Foram só alguns segundos, apenas um instante. O tempo suficiente, no entanto, para que, finalmente, quando consegui me recompor da surpresa e comecei a recuar pelo corredor sem me atrever a abrir a porta nem a me virar e lhe dar as costas, aquela respiração febril e entrecortada já se tivesse afundado em minha memória como uma chapa de ferro, removendo a lembrança daquela longa asfixia, daquele arquejar sufocado e interminável que consumiu o corpo de Sara lentamente, atormentadamente, antes de se deter de repente, certa manhã, ao cabo de dez meses, justo no dia em que ela fazia quatro anos.

Aquilo viria a se repetir muitas vezes ao longo de todos estes anos. De repente, como aquela noite, um sonho estranho me sobressaltava e, ao acordar, eu sabia que era ela, que estava dentro da casa e me chamava. No entanto, nunca voltei a me aproximar daquela porta nem a me levantar da cama no meio da noite. Nunca soube, tampouco, se Sabina alguma vez também chegou a ouvir aquela respiração febril e atormentada. Ela continuou indo ao cemitério deixar flores, quase toda semana, até o dia em que os homens de Berbusa me ajudaram a levá-la para sempre para junto de Sara.

Por isso, nunca lhe respondi. Por isso, nunca perdoei Andrés por ter ido embora abandonando-nos e abandonando seus irmãos. Por isso, aquela tarde, no vale, rasguei sua carta e sua fotografia e as joguei no lago de Santa Orosia para que apodrecessem no fundo das águas pouco a pouco, lentamente, do mesmo modo como as lembranças apodrecem no lodaçal do tempo.

7

Aquele ano transcorreu com maior lentidão do que de costume. Todos, na verdade, a partir daquele primeiro, transcorreram da mesma maneira: cada vez mais premidos e monótonos, cada vez mais carregados de indolência e de melancolia. Era como se o tempo se tivesse congelado de repente. Como se o velho rio dos dias tivesse parado sob o gelo, transformando minha vida num inverno interminável e imenso. Agora olho para trás procurando aquelas tardes, removo em minha memória as folhas do silêncio e encontro apenas um bosque sepultado, desfeito pelo nevoeiro, e um povoado abandonado pelos que cruzam as lembranças como espinheiros arrastados pelo vento.

A partir daquele ano, não voltei mais aos desfiladeiros. Quando Bescós morreu, seus filhos venderam as ovelhas e a desolação também caiu como uma peste sobre as cabanas e os ermos de Ainielle. Eu poderia ter encontrado facilmente um outro rebanho para cuidar, em Broto ou em Sabiñánigo, até mesmo em Biescas, mas já me sentia cansado e velho, sem forças e sem ilusão para passar mais um ano atrás das ovelhas de outro dono. Afinal de contas, não tinha mais para quem trabalhar ou deixar alguma coisa no dia em que morresse. Já não tinha nem mesmo que cuidar de que não faltasse lenha para o fogão. E, para mim, já cansado de tudo, cansado, sozinho e sem nenhuma necessidade ou desejo, com a caça e a colheita dos quintais – de que eu era o único dono – teria o suficiente.

Finalmente, acabei me acostumando. Não havia outro remédio. Mas, no início, naqueles primeiros dias, me custou muito esforço superar a inesperada sensação de solidão que se apossou de mim com a chegada do bom tempo. Não é que até então ainda não tivesse sentido aquela estranha angústia que ainda hoje me corrói a alma como uma hera seca. As longas noites de inverno sentado junto do fogo já haviam minado meu ânimo e minhas forças. Mas, enquanto durou a neve, enquanto o nevoeiro e o silêncio apagaram da terra as casas e as árvores de Ainielle, a solidão era a mesma de todos os invernos. O que importava que não houvesse com quem passar a noite junto do fogão. O que importava que, comigo, ninguém mais compartilhasse o medo da loucura e a vertigem infinita do inverno. Era uma maldição longínqua e sem remédio, uma condenação antiga que a resignação e a impotência já tinham transformado em costume havia muito tempo. Porém, agora, a vida brotava novamente ao meu redor, o sol tirava sangue das pedras e vidraças das casas e, em meio ao silêncio, o grito dos bosques acentuava mais ainda a sensação de solidão que, até então, eu tentara inutilmente ocultar por trás da presença indestrutível e culpada da neve.

Passei a primavera trabalhando nos terraços e no quintal e consertando os estragos que aquele último inverno causara na casa. O vento arrancara a porta da cocheira e destroçara algumas lajes. Tive também que reparar algumas vigas da entrada, que o gelo e a umidade haviam apodrecido completamente. Envolvi-as com sacos e escorei-as com outras novas trazidas da casa de Gavín. Depois, dediquei-me a arrancar os cardos e os liquens que haviam começado a invadir a cocheira e o telheiro. Então, ainda não podia ou não queria me dar conta. Agora, porém, sei muito bem que tudo aquilo era uma forma de ocupar o dia com qualquer coisa, uma maneira de mentir ao céu e a mim mesmo para tentar não pensar, para tentar não ficar louco antes do tempo.

No entanto, tudo foi inútil. Pouco a pouco, o cansaço e o desânimo foram me invadindo, a atividade infatigável dos primeiros dias deu lugar a um abatimento cruel e progressivo, e, assim, quando chegou o verão, vi-me novamente perambulando como um cão abandonado pelas ruas do povoado. Os dias eram longos, preguiçosos, e a tristeza e o silêncio abatiam-se como avalanches sobre Ainielle. Eu passava as horas vagando pelas casas, percorria as cocheiras e os aposentos e, às vezes, quando o anoitecer se prolongava mansamente entre as árvores, acendia uma fogueira com tábuas e papéis e me sentava numa entrada a conversar com os fantasmas de seus antigos habitantes.

Mas as casas não estavam apenas cheias de fantasmas. O pó e as aranhas cegavam as janelas e, nos aposentos, a umidade e o esquecimento adensavam o ar até torná-lo irrespirável. Era tudo em função do tempo que tinham permanecido fechadas. Havia algumas ainda intactas, como a de Aurelio Sasa, com os armários e as mesas em seus lugares e as camas recém-arrumadas, como se ainda esperassem, cães fiéis, o regresso impossível de donos que havia muitos anos decidiram abandoná-los. Outras, em compensação, como a de Juan Francisco ou como a antiga casa da escola, jaziam no chão completamente destruídas, com as paredes ruídas e os móveis sepultados sob um monte de escombros. Em algumas, o musgo crescia pelos telhados como uma escura maldição. Em outras, as sarças invadiam as entradas e as cocheiras tinham se transformado em verdadeiras árvores, em bosques interiores cujas raízes arrebentavam os muros e as portas e em cujas sombras se aninhavam a morte e os fantasmas. Mas todas, enfim, mais velhas ou mais novas, abandonadas havia mais ou menos tempo, apareciam já então feridas pela neve, corroídas pelo óxido, transformadas em refúgio das ratazanas, das cobras e dos pássaros.

Uma tarde de agosto, na casa de Acín, aconteceu a desgraça. A casa é apenas um resto de madeiras e pedras arruinadas, um rastro de cimentos que marcam na terra – entre a madressilva e as urtigas – o espaço violado que um dia ocupou. Mas ainda lembro seu antigo vigor, a solidão de suas paredes à beira do caminho de Escartín. Fazia anos que a casa estava abandonada. Fora, na verdade, uma das primeiras a se fechar: no início da guerra, seus donos a evacuaram – assim como todo o povoado – e não voltaram mais. Mesmo assim, lembro-me do velho casal, sentado diante da porta e sempre sozinho, e lembro-me daquele menino (também eu o era então) que, segundo diziam, tinham encerrado no estábulo, com as cavalgaduras, para que ninguém visse seu horrível raquitismo e sua monstruosidade. Dizia-se também que, à noite, o amarravam nas grades da cama e que se podia ouvi-lo gemer até o amanhecer. Não sei se era verdade. Jamais consegui vê-lo e, embora em mais de uma ocasião, ao passar pelo caminho diante da cocheira, tenha chegado ao postigo tremendo de medo e emoção, também jamais consegui ouvir, entre as respirações dos animais, os gritos e gemidos animalescos de que falavam no povoado. Um dia – eu devia ter uns dez anos –, o menino morreu. Enterraram-no à noite, sem tocar os sinos, e o silêncio e o tempo caíram sobre ele. Apesar disso, porém, apesar do silêncio e dos anos passados desde então, sua sombra continuou sempre em torno da casa, como uma triste lembrança ou como uma maldição. Sobretudo desde que Acín e sua mulher se foram do povoado, abandonando a seu destino a casa e a memória do filho.

Eu passara muitas vezes junto dela sem ousar entrar. A porta e as janelas conservavam sempre suas férreas fechaduras e, embora a velha cocheira tivesse sucumbido naquele último inverno – e, com ela, a sombra do menino condenado a viver como mais um dentre os animais –, a solidão do casarão e seu mutismo impenetrável continuavam envolvendo-o num trágico mistério e numa inexplicável e sórdida atração. Aquela tarde, no entanto, só o acaso me levou até ali.

Só o acaso e a fatalidade que, em todos estes anos, tem guiado meu destino. Era hora da sesta, o sol rompia o ar, gretava a terra e arrancava rangidos das sarças e dos carvalhos calcinados. Eu subia a encosta, de volta ao povoado, e parei para descansar na entrada. Certamente, era a primeira vez que me sentava ali: ao lado da porta, na velha pedra em que, em outros tempos, Acín e sua mulher costumavam sentar-se. Aquele verão, a seca esgotara os campos e as fontes e os lagartos invadiam os quintais e galinheiros das casas. Em torno da casa de Acín, separada do povoado e, por isso, mais tranqüila, faziam a sesta sobre as pedras da cocheira e por entre os cardos do caminho, completamente alheios à minha presença. Apoiado na parede, com a cadela aos meus pés e o cigarro se apagando nos lábios, lembro que começava a adormecer – aquele dia eu subira ao morro muito cedo – quando, de repente, senti uma dor aguda na mão. Num primeiro momento, pensei que fosse a ponta de algum espinho da jaqueta ou da calça que me tivesse picado. Mas, depois, ouvi aquele cicio frio, viscoso, inconfundível, que se arrastava pelo chão entre meus pés. Saltei como uma mola de onde estava sentado, justo quando a cadela já começava a latir: os pêlos eriçados de repente, os dentes apertados, as patas arranhando as pedras da entrada. Apesar da rapidez com que tudo aconteceu, ainda tive tempo de ver a víbora deslizar lentamente por baixo da porta e se perder para sempre nas profundezas insondáveis da casa.

Aterrado, abandonei a entrada e saí para o meio do caminho. A picada me incendiava a palma da mão e um negro calafrio me percorria o coração como uma queimadura. Mas eu sabia que não tinha um segundo a perder. Tirei o cinto e, com ajuda dos dentes, amarrei-o com força ao pulso para tentar deter o avanço do sangue pelo braço. Depois, com o canivete, abri um corte profundo sobre a picada e, contendo a dor e o nervosismo, chupei o veneno da ferida e o cuspi com raiva na terra seca e rachada do caminho. Já se passaram oito anos desde então, porém, ainda que mais trinta se passassem, nunca poderia esquecer aquele toque viscoso, aquele sabor podre, doce, inconfundível, do veneno fluindo da ferida.

Quando entrei em casa, a primeira coisa que fiz foi acender o fogão e pôr água para esquentar numa panela. Enquanto fervia, saí para a rua em busca de urtigas. Apliquei seu suco misturado com azeite sobre a ferida e, depois, cobri-a com um retalho de lençol embebido em álcool e barro cru. Lembrava-me de que era o remédio com que Bescós tentara salvar o cão do tio Justo. O cão fora picado pela víbora na cabeça e, no fim, nada se pôde fazer para lhe salvar a vida. Agora, porém, eu não tinha outra escolha. Estava sozinho no meio destes morros e o médico mais próximo ficava a quase quatro horas de caminho.

Durante vários dias, entre estes mesmos lençóis, lutei contra a morte completamente só, desesperadamente só, sem ninguém a quem chamar pedindo ajuda. Minha mão inchou até ocultar o cinto com sua carne e a febre subiu como um vômito branco pelos caminhos subterrâneos do sangue. Nunca pude saber por quanto tempo estive assim, tremendo por causa da febre e delirando. Os dias e as noites seguiam-se confundidos numa mancha disforme e as barras da cama se desmanchavam diante de mim como árvores no meio do nevoeiro. Lembro, sim, que o sol às vezes entrava no quarto para aumentar mais ainda o peso dos lençóis – aquela pasta suja – e que a cadela latia tristemente na escada, deitada na frente da porta, embora sua voz me chegasse de longe e em surdina, como que nascida a muitos metros de distância. Como agora tudo aquilo me parece estranho! Estranho e irreal ao cabo dos anos! Eu estava – como agora – prestes a morrer nesta cama e, no entanto, a única coisa que então me preocupava de verdade era saber que, se eu morresse, a cadela também morreria, irremediavelmente presa dentro da casa. Mas eu não tinha forças para descer e lhe abrir a porta da rua. Nem sequer podia pensar em me levantar da cama. Ao anoitecer do primeiro dia, a febre subira acima de qualquer grau suportável e a mão me doía como se fosse arrebentar. Logo entrei num estado de grande excitação. Remexia-me entre os lençóis procurando em seus extremos um pouco de frescor. Tinha sede. Mas a jarra de água estava vazia e minha língua se tranformara num despojo disforme e pegajoso que já nem servia para tentar umedecer os lábios. Era como se a água tivesse se evaporado em contato com meu sangue. Como se o fogo que brotava da ferida me incendiasse as veias e queimasse os ossos, e buscasse em minha boca uma saída para sua dor.

Por volta da meia-noite, a febre chegou ao máximo. Todo o meu corpo ardia como uma tocha viva e eu já nem sentia o dilaceramento brutal do cinto em meio à carne tumefacta. Nunca poderei saber o limite real alcançado pelo inchaço da mão e sua temperatura. Só sei que, de repente, meus olhos encheram-se de um vapor azul e espesso e que, em seguida, perdi a consciência.

A partir desse instante, a lembrança se rompe em milhares de partículas, num vaivém confuso de imagens febris que mal consigo reconhecer como vividas. Há em mim, no entanto, um vapor de memória, uma luz muito longínqua que ilumina a noite e resgata lembranças do umbral da morte. Sabina aparecendo detrás da janela. A cadela trêmula, uivando atrás da porta. Sabina ajoelhada à beira da cama. A cadela devorando minha mão tumefacta. Agora acho que aquilo era apenas a febre, o soçobrar de um sonho que durou até hoje. Poderia afirmar, no entanto, que era tudo mentira? Poderia negar, realmente, que aquela noite Sabina esteve aqui? Só ela e a cadela poderiam me dizer. Só a cadela e ela e, talvez, essa janela cujas vidraças ainda conservam o embaciamento de seu alento. Eu tremia de frio, suando entre os lençóis, delirava entre sonhos, com os olhos abertos, quando a descobri. Estava na janela, por trás da vidraça, ainda vestida como da última vez. Se agora a visse de novo – a janela está aberta, como aquela noite –, sem dúvida sentiria o medo e o espanto que então não senti. Se agora a visse de novo, imóvel na noite, suspensa no ar, por trás da vidraça, eu me esconderia como um menino debaixo das cobertas, gritando para que fosse embora, rezando por sua alma, pedindo-lhe perdão. Aquela noite, porém, a febre e a loucura mandavam em minha alma, e o desamparo de Sabina surgindo da noite apenas me produziu um lamento imenso e uma profunda dor. Fechei os olhos por um instante, tentando esquecê-la, mas, ao abri-los, vi-a já à beira da cama, olhando-me nos olhos, como se não reconhecesse meu rosto nem minha voz.

Enquanto a febre durou, Sabina não saiu um só instante do meu lado. Deixou a cadela entrar e, enquanto esta me lambia interminavelmente a ferida da mão, ela ficava me olhando, mergulhada na penumbra, como mais uma sombra dentre as sombras da casa. Talvez estivesse esperando para velar meu corpo até que alguém me encontrasse e me enterrasse. (Talvez esta noite, quando tudo terminar, ela volte novamente para me fazer companhia até o dia em que os homens de Berbusa me descobrirem e me levarem para sempre para junto dela.) Eu a via entre sonhos, esmaecida pela febre, de pé junto da cama ou ajoelhada no canto da janela. Lembro que rezava. Sua voz era a mesma de quando ainda estava viva, mas soava em meus ouvidos de uma forma muito estranha: áspera, seca, sem eco, como que nascida de uma boca sem garganta. Ignoro quanto tempo ficou rezando. De repente, adormeci e, quando voltei a olhá-la, em lugar de sua voz o que ouvi foi uma respiração funda do outro lado da cama. Demorei em reconhecer o quarto e o brilho forte das vidraças. Não sei se era a lua. Não sei se estava amanhecendo ou se, ao contrário, ainda era noite e era minha própria febre que incendiava a janela e a transformava num espelho. Sentei-me na cama e olhei ao meu redor. Sabina continuava ali, ao lado da porta, sem deixar de me olhar um só instante. Mas a cadela já não estava ali. Em seu lugar, um menino monstruoso, com a cabeça deformada e uma crina de cavalo percorrendo-lhe as costas, segurava o vulto dolorido e tumefacto de minha mão. Desde o primeiro momento, compreendi quem ele era. Apesar de nunca o ter visto, desde o primeiro momento reconheci em sua cegueira a escuridão da cocheira da casa de Acín. Ele também me olhou, como se me reconhecesse, e começou a rir. Era um riso áspero, seco, sem eco, nascido de uma boca sem dentes nem garganta. Era um riso morto que parecia brotar das profundezas da terra e que estalava em meu cérebro como se nunca mais fosse aquietar-se. Aterrado, com o olhar gelado pelo horror e pela febre, mas consciente de que não estava dormindo, virei-me para não o ver mais – para apagar o quanto antes de meus olhos aquelas crinas negras e aquela horrível boca desdentada – e foi então, nesse mesmo instante, ao me virar para a porta diante da qual Sabina continuava imóvel e em silêncio, como se ela não o estivesse vendo nem ouvindo, que finalmente entendi a causa de seu riso e a razão de sua presença ao lado de minha cama: centenas de víboras rastejavam lentamente por baixo da porta, subiam pelos móveis e pelas barras da cama, enroscavam-se nas cobertas e nas dobras suadas dos lençóis e, finalmente, esgueiravam-se reptando por minhas veias através da ferida que eu mesmo abrira com a ponta de uma faca para extrair o veneno de minha mão.

É a última imagem que conservo daquilo. A última que ainda continua presa a meus olhos como um resto de febre ou como a reverberação final de um sonho interrompido que, depois de anos, acaba retornando. Depois, só a escuridão. Só a longa noite e o silêncio.

Quando acordei, um sol brutal golpeou-me o rosto. Devia ser por volta de meio-dia. Lembro ainda aquela luz intensa e aquele suor espesso que empapava e fundia minha pele contra os lençóis. Demorei para abrir os olhos. Acostumados à noite – a longa e imensa noite dos mortos –, resistiam a absorver aquela avalanche de fogo e a descobrir na cama a múmia descarnada em que, sem dúvida alguma, as víboras e o sol tinham transformado meu corpo. Durante alguns segundos, com os olhos fechados, tentei recuperar a esteira da noite e o doce bálsamo do sono. Durante alguns segundos, cheguei até a aceitar que já estava morto. Porém sabia que não era verdade. Pouco a pouco, fui abrindo os olhos, com medo e com receio, pronto para fechá-los novamente e para sempre. Mas não houve por quê. Quando, por fim, me acostumei àquela luz ardente, vi meu corpo ainda intacto em cima da cama, minha mão deformada pela pressão do cinto e, envolto no silêncio, o quarto vazio, solitário e vazio, tal como esta noite.

Ainda demorei vários dias para poder me levantar. O suor e a febre me haviam esgotado. Pouco a pouco, no entanto, o inchaço da mão foi cedendo e a euforia de me saber salvo me ajudou a me recuperar. Em uma semana, já estava na rua. Com ajuda, no início, de uma bengala – a mesma que meu pai, no final da vida, havia usado –, retomei meus passeios pelo povoado e minhas visitas clandestinas às casas. Mas nunca voltei a me aproximar da casa de Acín. Nunca voltei a passar na frente da entrada em que ele e sua mulher costumavam sentar-se e onde eu estivera prestes a encontrar a morte aquela tarde. Só depois de três ou quatro anos, numa noite de inverno em que a água e a ventisca finalmente acabaram de arrombá-la, assomei com a lanterna por entre os muros arruinados. Era noite fechada. O vento removia os escombros e a chuva me cegava. Mas, apesar de tudo, apesar da noite, apesar da chuva e do temor que me embargava, à luz da lanterna ainda pude ver, entre as vigas e as telhas derrubadas, uma cama de criança quase intacta. Quatro grossas correias pendiam de suas barras – como que ainda dispostas para amarrar alguém à cama – e, no meio do colchão, uma piara de víboras fizera seu ninho por entre a lã.

8

De repente, a dor me voltou: seca, profunda, asfixiante. Como se uma cria de víboras tivesse feito seu ninho em meus pulmões.

Durante alguns segundos, corta-me o alento, bloqueia minha memória e minha respiração. Durante alguns segundos, escarafuncha meus pulmões como um cão. Depois, vai se desvanecendo lentamente, lentamente, deixando-me um sol frio e incandescente debaixo do peito.

Desde que me assaltou pela primeira vez – naquele dia de março, em Cantalobos –, eu soube que nela latejava uma ameaça inconfundível. Era ainda, então, uma dor muito longínqua, apenas um crepitar de fumaça nos pulmões, que nem me impediu de continuar o trabalho (estava catando tojos para o fogo). Naquele crepitar, porém, reconheci a mesma asfixia lenta que um dia destruíra a vida e os pulmões de minha filha.

Com o passar do tempo, a dor foi crescendo. Primeiro muito devagar, intermitentemente. Depois, cada vez mais depressa, cada vez mais presente em meus olhos insones e em minha respiração. Devo reconhecer agora, no entanto, que nunca, nestes últimos tempos, a idéia próxima da morte me aterrou. Desde o primeiro instante, aceitei sua certeza como algo inevitável e manifesto. Desde que começou a corroer minha memória e meu alento, assumi sua presença como uma maldição à qual, na verdade, estava condenado havia muito tempo. E, agora que está aqui, respirando comigo através de minha própria garganta, agora que o tempo está acabando e que as últimas luzes começam a apagar-se pouco a pouco dentro e fora de meus olhos, a morte apresenta-se a mim como um doce descanso que pode, até mesmo, ser objeto de desejo.

Achamos que nunca poderemos aceitar sem medo a idéia da morte. Quando ainda somos jovens, nós a vemos tão longínqua, tão remota no tempo, que sua própria distância a torna inaceitável. Depois, à medida que os anos vão passando, é justamente o contrário – sua maior proximidade é que nos enche de temor e nos impede a todo instante de olhá-la de frente. Em qualquer dos casos, porém, o medo é sempre o mesmo: medo da iniqüidade, medo da destruição, medo do frio infinito que o esquecimento comporta.

Lembro que, quando criança, eu já intuía o imenso vazio que os olhos dos mortos escondem por trás de suas pálpebras. Até me lembro, também, com estranha precisão, do dia em que descobri o rosto inesquecível da morte. Eu tinha seis anos. O avô Basilio, pai de meu pai – só conservo dele a imagem de suas botas junto do fogo –, não se levantava da cama havia vários dias. Minha mãe ia e vinha levando-lhe comida – que meu avô não provava –, e meu pai mal se afastava de casa. Mas não me deixavam entrar para visitá-lo. Uma tarde de inverno, ao voltar da escola, vi meu pai na cocheira construindo um caixão grande. Estava tão absorto em seu trabalho que nem percebeu que eu o observava. Na cozinha, não havia ninguém. Esperei durante um tempo aquecendo-me ao lume e, quando me cansei, subi à procura de minha mãe. Não sei se já então estava intuindo o que acontecera aquela tarde. Ignoro se sabia para que servia o caixão que meu pai estava fazendo na cocheira, quase às escuras. Só lembro que, ao chegar ao fim da escada, ouvi minha mãe chorar atrás de uma porta e que, assustado, corri para procurá-la no quarto do meu avô. Ela não estava lá. Minha mãe fora chorar em outro quarto. Ali no seu, meu avô, imóvel na cama, com a cabeça pendendo do travesseiro e os olhos imensamente abertos.

Ao longo de minha vida, e desde então, vi muitas vezes os últimos olhares dos mortos. Vi, já vazios, os olhos de meus pais, os olhos de minha filha, os olhos amarelos e feridos pela neve de Sabina. Ao longo de minha vida, coube-me até, algumas vezes, fechar as pálpebras rígidas que ocultam para sempre seus últimos reflexos. Sempre senti a mesma vertigem. Sempre o mesmo frio intenso que uma tarde de inverno me invadira diante dos olhos transparentes e sem vida de meu avô.

Faz tempo, no entanto, que a vertigem e o frio da morte deixaram de me dar medo. Antes de descobrir dentro de mim seu negro alento, antes de ficar sozinho em Ainielle, como mais uma sombra dentre as sombras dos mortos, meu pai já me ensinara com seu exemplo que a morte é apenas um primeiro passo em nossa viagem sem retorno ao silêncio. Meu pai sempre fora um homem forte, um homem endurecido no trabalho e na luta contra esta terra estéril e sem redenção. Um dia, no entanto, caiu doente e nunca mais voltou a se levantar de seu lugar no escano junto do fogo. Sabia que estava com os dias contados. Sabia que a coruja que à noite cantava no quintal – e que Sabina se esforçava para espantar com gritos e pedras – estava ali para anunciar sua morte. Mas ele nunca manifestou temor algum. Nunca deixou transparecer a menor sombra de medo. Uma tarde, já perto do anoitecer, vi-o chegar pela viela caminhando tropegamente. Perguntei-lhe onde tinha ido e ele ficou me olhando com grande tristeza. Fui ver o lugar – lembro que me disse – ao qual vocês me levarão muito em breve e para sempre. Na manhã seguinte, Sabina o encontrou morto na cama.

Aquela última frase de meu pai continuou sempre gravada em minha memória. Aquela fria aceitação da derrota comoveu-me tão profundamente que, com o tempo, haveria de me servir para enfrentar a morte cara a cara. Sem medo. Sem desespero. Sabendo que é nela que, finalmente, encontrarei consolo para tanto esquecimento e tanta ausência. Serviu-me então, quando encontrei Sabina enforcada no moinho, para arrastá-la até esta casa em meio à neve. Serviu-me depois, quando fiquei sozinho em Ainielle, para aceitar que eu também estava morto na memória de meu filho e dos homens que um dia foram meus amigos e vizinhos. Serve-me agora, ao cabo dos anos, quando a dor encharca meus pulmões como uma chuva amarga e amarela, para ouvir sem medo a coruja que já anuncia minha morte em meio ao silêncio e às ruínas deste povoado que, dentro de muito pouco tempo, também morrerá comigo.

9

Na realidade, e apesar de meus esforços para manter vivas suas pedras, Ainielle está morto há muito tempo. Já estava quando Sabina e eu ficamos sozinhos no povoado e até mesmo antes de nossos últimos vizinhos morrerem ou abandonarem o povoado. Durante todos estes anos, eu não quis – ou não pude – me dar conta. Durante todos estes anos, resisti a aceitar o que o silêncio e as ruínas me mostravam claramente. Mas agora sei que, com minha morte, apenas morrerão os últimos despojos de um cadáver que só continua vivo em minha lembrança.

Visto dos morros, Ainielle conserva, apesar de tudo, a imagem e o perfil que sempre teve: a espuma dos choupos, os quintais junto do rio, a solidão de seus caminhos e de suas cabanas e o esplendor azul das ardósias sob a luz do meio-dia ou da neve. Dos carvalhais do caminho de Berbusa ou da baixada do morro Cantalobos, as casas ainda parecem tão distantes, tão difusas e irreais por entre a poeira da bruma, que ninguém jamais poderia imaginar, ao descobri-lo ao longe, junto do rio, que Ainielle é agora apenas um cemitério abandonado para sempre e irremediavelmente a seu destino.

Vivi dia a dia, no entanto, a lenta e progressiva evolução de sua ruína. Vi as casas desmoronarem uma a uma e lutei inutilmente para evitar que esta acabasse, antes do tempo, transformando-se em minha própria sepultura. Durante todos estes anos, assisti impotente a uma longa e brutal agonia. Durante todos estes anos, fui a única testemunha da decomposição final de um povoado que talvez já estivesse morto até mesmo antes de eu ter nascido. E hoje, à beira da morte e do esquecimento, ainda ressoa em meus ouvidos o grito das pedras sepultadas sob o musgo e o lamento infinito das vigas e das portas ao apodrecer.

A primeira a se fechar fora a da Casa Juan Francisco. Já faz muitos anos, quando eu ainda era apenas uma criança. Da casa, lembro-me do velho portal, dos balcões de ferro, do quintal onde, às vezes, costumávamos nos esconder em nossas correrias e brincadeiras infantis. Da família, só dos olhos de uma filha. Lembro-me exatamente, no entanto, do dia em que foram embora: uma tarde de agosto, pela trilha de Broto, com os baús e os móveis abarrotando a carroça das mulas. Eu estava com meu pai no desfiladeiro de Ainielle, cuidando das ovelhas. Sentados no capim, vimo-los passarem perto de nós, entre os tojos, e sumirem na tarde pelo caminho de Escartín. Lembro que meu pai ficou em silêncio por um longo tempo.

De costas para o rebanho, olhava para o caminho como se já então soubesse o que haveria de acontecer a partir daquela tarde. De repente senti uma enorme tristeza e, deitado no capim, comecei a assobiar.

A saída dos ocupantes da Casa Juan Francisco foi apenas o começo de uma longa e interminável despedida, o início de um êxodo incontido que, dentro de muito pouco tempo, minha própria morte transformará em definitivo. De início lentamente e, depois, praticamente em debandada, os habitantes de Ainielle – como os de tantos outros povoados dos Pireneus – carregaram em suas carroças as coisas que puderam, fecharam para sempre as portas de suas casas e se afastaram em silêncio pelas trilhas e caminhos que levam às terras baixas. Era como se um vento estranho tivesse atravessado de repente estas montanhas, provocando uma tormenta em cada coração e em cada casa. Como se um dia, de repente, as pessoas tivessem erguido suas cabeças da terra, depois de tantos séculos, e tivessem descoberto a miséria em que viviam e a possibilidade de remediá-la em outro lugar. Nunca ninguém voltou. Ninguém voltou sequer para levar algumas das coisas deixadas aqui. E assim, pouco a pouco, como muitos povoados das redondezas, Ainielle foi ficando vazio, solitário e vazio para sempre.

Houve naqueles anos algumas despedidas de que ainda me lembro com especial tristeza; deserções que, por serem inesperadas, deixaram entre nós que ficamos um vazio maior ainda do que o habitual. Lembro, por exemplo, a de Amor, praticamente arrastada por seus filhos para uma terra que ela jamais quis ver. Ou a de Aurelio Sasa, o da Casa Grande, quando fazia apenas alguns dias que acabara de enterrar sua mulher. Ou a do próprio Andrés. De todas as despedidas daquele tempo, no entanto, até mais do que a do meu próprio filho ou do que aquela última de Julio que já supunha o final para Sabina e para mim, a que mais me impressionou foi a de Adrián o Velho.

Era o ano cinqüenta. Permanecíamos aqui apenas três habitantes: Julio, Tomás Gavín e eu. Todos dispersos pelo povoado entre as inúmeras casas fechadas ou em ruínas. Todos já rendidos à evidência de que Ainielle estava morrendo. Já fazia algum tempo que Adrián morava com Sabina e comigo em nossa casa. Ele não tinha nenhuma. Durante mais de meio século, trabalhara como criado na casa de Lauro e, quando estes se foram, Adrián ficou sozinho, como cão sem dono, sem casa, sem família e sem trabalho. Sabina e eu o acolhemos, mais por compaixão e pena do que pela ajuda que o pobre velho pudesse nos dar. Mas ele, agradecido, como se de fato se tratasse de um cão, esforçava-se a cada dia para pagar com seu trabalho o teto e a comida que lhe dávamos. Adrián era de Cillas, perto de Basarán, e chegara a Ainielle para se empregar como criado quando ainda era menino. Desde então, nunca mais saiu daqui. Nem mesmo na guerra, quando o povoado foi evacuado. Aquele ano, ficou aqui sozinho, cuidando das ovelhas de sua casa e à mercê dos bombardeios contínuos que atingiam estes morros, então estratégicos por sua proximidade da fronteira e da estrada de ferro de Sabiñánigo. Agora, porém, Adrián já era velho, fora abandonado como um cão depois de uma vida inteira de trabalho e de fidelidade a uma família e a uma casa, e, sem nenhum lugar a que recorrer e ninguém que o pudesse acolher em outra parte, era, de todos, o que sem dúvida mais temia ficar sozinho outra vez, agora para sempre, contemplando a morte de uma aldeia que nem mesmo era a sua. Na realidade, ele nunca me disse isso – Adrián quase não costumava falar e, muito menos, manifestar seus sentimentos e temores –; mas eu o adivinhava na melancolia interminável de seus olhos e na cortina de silêncio que a noite levantava entre nós enquanto o vento assobiava pelas ruas e os troncos agonizavam lentamente entre as chamas. Sentava-se sempre junto do fogo, depois de guardar as ovelhas e jantar, e ficava ali, sem quase nos dirigir a palavra, até que o sono o rendesse, às vezes já alta madrugada. Mas eu não me importava. Havia me acostumado a seu silêncio e a sua presença muda e quase imóvel na ponta do escano, sabia que estava conosco, acompanhando-nos neste último trecho da vida que todos intuíamos imensamente amargo e solitário, e supunha que também ele pensasse a mesma coisa.

Na noite em que foi embora, Adrián ficou sozinho na cozinha até muito tarde. Deitei-me à meia-noite, como de costume, sem ter notado nele absolutamente nada de estranho, nada que me pudesse denunciar a decisão que, sem dúvida, ele tomara havia algum tempo. Até mesmo falamos – ainda me lembro – em levantar cedo no dia seguinte para consertar o ferrolho de uma cabana que o vento quebrara aquela tarde. De manhã, porém, ele já não estava. Adrián fora embora levando consigo as poucas coisas de que era proprietário depois de uma longa vida de trabalho.

Nunca voltamos a ter notícias suas. Nunca conseguimos saber para onde fora nem se ainda estava vivo. Apenas, algum tempo depois, quando já o tínhamos praticamente esquecido, Gavín certo dia encontrou sua maleta, escondida entre umas sarças, apodrecida pela chuva, no caminho velho dos contrabandistas.

Enquanto Gavín e Julio continuaram em Ainielle, nós três lutamos juntos para evitar que o povoado sucumbisse antes do tempo a seu abandono. Gavín estava sozinho, sem família, mas com Julio continuavam seus dois filhos e seu irmão, e, todos juntos, limpávamos os açudes, desbastávamos os quintais e as ruas, recompúnhamos os muros e as paliçadas ou, até, ocasionalmente, escorávamos as vigas e rebocávamos as rachaduras das casas que já começavam a se mostrar ameaçadas de ruir. Foram anos difíceis, anos de solidão e desesperança. Mas, também, e talvez por isso mesmo, anos que despertaram em nós um sentido de solidariedade e de amizade que até então ignorávamos. Éramos todos conscientes, no entanto, de nossa indefensão diante da cólera do tempo e do inverno na montanha, sabíamo-nos sozinhos e esquecidos no meio de uma terra pela qual ninguém mais transitava, e essa própria indefensão nos aproximava e nos unia mais ainda do que a amizade e o sangue. Nós três nos ajudávamos mutuamente no trabalho, compartilhávamos os pastos que antes foram de todos os vizinhos, e, à noite, depois do jantar, todos nos reuníamos numa mesma casa para passar a noite junto do fogo, conversando e recordando.

Éramos todos conscientes, no entanto, de que aquilo era apenas uma ilusão, uma trégua temporária e passageira em uma longa guerra da qual um de nós, qualquer dia, seria a vítima seguinte. A vítima seguinte foi Gavín. Certa manhã, nós o encontramos morto em casa, sentado na cozinha, com o último cigarro ainda preso entre os lábios. O velho morrera tal como vivera: completamente sozinho, sem que ninguém o notasse. Com ele terminava a história de uma casa, talvez a mais antiga, e, também, a última esperança que Julio e eu tínhamos de não ficarmos sozinhos em Ainielle, qualquer dia.

Julio foi embora no final daquele mesmo verão, sem quase recolher suas coisas, como se temesse que eu pudesse me adiantar. Nem me disse nada, até o último momento, na véspera da partida, quando já estavam carregando os móveis no carro. Lembro que aquela noite havia uma calma estranha pelas ruas. Sabina e eu jantamos em silêncio, sem nos olhar, e depois eu fui me esconder no moinho. Foi uma noite muito triste, talvez a mais triste de todas as noites que vivi. Durante várias horas, permaneci sentado num canto, envolto na penumbra, sem conseguir dormir nem esquecer o último olhar de Julio ao se despedir. Através da janela, podia ver o portão derrubado e devorado pelo musgo do moinho e os reflexos trêmulos dos choupos no rio: imóveis, solenes, como colunas amarelas sob a luz mortal e gelada da lua. Tudo estava em silêncio, envolto numa paz tão densa e indestrutível que acentuava mais ainda o desgosto que eu sentia. Ao longe, sobre a linha dos morros, os telhados de Ainielle flutuavam na noite como a sombra dos choupos sobre a água. Mas, de repente, por volta das duas ou três da manhã, um vento suave abriu passagem sobre o rio e a janela e o telhado do moinho encheram-se subitamente de uma chuva compacta e amarela. Eram as folhas mortas dos choupos que caíam, a lenta e mansa chuva do outono que mais uma vez retornava às montanhas para cobrir os campos de ouro velho e os caminhos e povoados de uma doce e brutal melancolia. Aquela chuva durou apenas alguns minutos. Suficientes, no entanto, para tingir a noite inteira de amarelo e para que, ao amanhecer, quando a luz do sol voltou a incendiar as folhas mortas e meus olhos, eu já tivesse entendido que aquela era a chuva que oxidava e destruía lentamente, outono após outono e dia após dia, a cal das paredes e os velhos calendários, as bordas das cartas e das fotografias, a maquinaria abandonada do moinho e do meu coração.

A partir daquela noite, o óxido foi minha única memória e a única paisagem de minha vida. Durante cinco ou seis semanas, as folhas dos choupos apagaram os caminhos, cegaram os açudes e entraram em minha alma como nos quartos vazios das casas. Depois, aconteceu aquilo com Sabina. E, como se o próprio povoado fosse uma simples criação de meu olhar, a ferrugem e o esquecimento caíram sobre ele com todo o seu poder e toda a sua crueldade. Todos, até minha mulher, haviam me abandonado, Ainielle morria sem que eu pudesse sequer tentar evitá-lo, e, em meio ao silêncio, como duas sombras estranhas, a cadela e eu continuávamos nos olhando, apesar de sabermos que nenhum dos dois tinha a resposta que procurávamos.

Lentamente, sem que ao menos pudesse me dar conta, a ferrugem começou seu avanço indestrutível.

Pouco a pouco, as ruas se encheram de sarças e de urtigas, as fontes transbordaram de seus leitos primitivos, as cabanas sucumbiram sob o peso do silêncio e da neve e as primeiras gretas começaram a aparecer nas paredes e nos tetos das casas mais antigas. Eu não podia fazer nada para evitá-lo. Sem a ajuda de Julio e de Gavín – e, sobretudo, sem o rescaldo de esperança que, então, ainda mantinha –, eu estava à mercê do que o óxido e a hera quisessem me fornecer. E assim, em apenas alguns anos, Ainielle foi se transformando no cemitério terrível e desolado que ainda agora posso ver pela janela.

Salvo a casa de Gavín, que um raio atravessou de cima a baixo quando ainda estava praticamente intacta, o processo de destruição era sempre o mesmo, e igualmente irreparável, em todas as casas. O mofo e a umidade corroíam em silêncio, primeiro as paredes, mais tarde os telhados, e, depois, como uma lenta lepra, o esqueleto descarnado das vigas em que aqueles se apoiavam. Então, apareciam os liquens silvestres, as garras negras do musgo e a carcoma, e, finalmente, quando a casa inteira já estava podre até suas últimas substâncias, o vento ou a nevada acabavam por derrubá-la. Eu ouvia na noite o crepitar do óxido, a escura podridão do mofo nas paredes, sabendo que, muito em breve, seus braços invisíveis também alcançariam minha própria casa. E, às vezes, quando a chuva e a ventisca cresciam por trás das vidraças e o rio retumbava como um trovão à distância, de repente, no meio da noite, eu era acordado pelo estrondo brutal de uma parede que desmoronava.

A primeira a cair foi a cocheira da Casa Juan Francisco. Estava abandonada havia tanto tempo, tantos anos haviam se passado desde aquela tarde de verão em que meu pai e eu contemplamos a partida, entre os tojos do caminho de Escartín, da carroça com as mulas que até então a haviam habitado, que não pôde resistir por mais tempo a seu abandono e desmoronou de uma vez, uma noite de janeiro, no meio da neve, como um animal morto por um tiro. O resto da casa caiu no ano seguinte, pouco depois da morte de Sabina, arrastando consigo em sua queda a cocheira e o lenheiro de Santiago. Mais de três anos se passariam até que a do próprio Lauro confirmasse a catástrofe. Depois, porém, pouco a pouco, quase na mesma ordem em que tinham sido abandonadas, foram caindo uma a uma, a de Acín, a de Goro, a de Chano, e assim, praticamante, a maioria das casas.

Quando chegou a vez da minha, já fazia algum tempo que eu sabia que a morte estava me rondando. Estava nas paredes da igreja e no quintal, no telhado de Bescós e nas urtigas da rua. Porém, enquanto uma greta aberta na janela da cocheira não me avisou que as vigas do palheiro estavam começando a ceder, não cheguei realmente a suspeitar que a ferrugem e a morte tivessem penetrado nesta casa. Quando o descobri, fiquei desconcertado, confuso, surpreso, incapaz de compreender que ela pudesse desmoronar até antes que eu a abandonasse. Durante alguns meses, consegui deter o avanço da greta escorando a janela com traves e vigas trazidas de outras casas. Mas, depois, a greta se abriu pelo outro lado, ainda mais larga e profunda, dividindo a parede de cima a baixo e tornando inútil qualquer tentativa de evitar o irremediável. Num dia de dezembro, há cerca de quatro anos, o palheiro veio abaixo. A podridão minara completamente a estrutura do telhado e a água e a ventisca acabaram de derrubá-lo. Tirei as poucas coisas que havia ali – a lenha, as ferramentas, as arcas onde antigamente se guardavam a farinha e a forragem do gado – e as amontoei pelos quartos da casa, disposto a travar, entrincheirado entre os seus muros, aquela que seria, sem dúvida, minha última batalha.

Desde então até hoje, a morte foi avançando tenaz e lentamente pelos alicerces e pelas vigas interiores da casa. Sem desvario. Sem pressa. Sem nenhuma compaixão. Em apenas quatro anos, a hera sepultou o forno e a tulha, e a carcoma corroeu completamente as vigas da entrada e o telheiro. Em apenas quatro anos, a hera e a carcoma destruíram o trabalho de toda uma família e todo um século. E agora as duas avançam juntas, pelas madeiras já apodrecidas do velho corredor e do telhado, em busca das últimas substâncias que ainda sustentam o peso e a memória da casa. Essas substâncias velhas, cansadas, amarelas – como a chuva no moinho aquela noite, como agora meu coração e minha memória –, que, um dia, talvez muito em breve, também irão apodrecer completamente e, finalmente, desmoronar no meio da neve, quem sabe ainda comigo dentro da casa.

10

Ainda comigo dentro da casa – e com a cadela na entrada, uivando tristemente –, a morte já veio me visitar, de fato, muitas vezes. Veio quando minha filha certa noite voltou, de surpresa, para ocupar o quarto que, desde o próprio dia de sua morte, permanecera fechado a cadeado. Veio quando Sabina ressuscitou, numa noite de ano-novo, naquele velho retrato que as chamas consumiram lentamente, e quando ela esteve aqui, velando minha agonia, enquanto eu me consumia entre estes lençóis, devorado pela febre e pela loucura. E veio, para ficar comigo para sempre, na noite em que minha mãe apareceu de repente na cozinha, tantos anos depois de enterrada.

Até aquela noite, eu ainda duvidava de meus olhos e das próprias sombras e silêncios da casa. Apesar da clareza do que foi vivido, até então eu ainda acreditava – ou, pelo menos, tentava – que a febre e o medo tivessem provocado e dado forma a algumas imagens que existiam agora apenas como lembranças. Mas, aquela noite, a realidade se impôs, brutal e incontestável, acima de qualquer dúvida. Aquela noite, quando minha mãe abriu a porta e apareceu de repente no meio da cozinha, eu estava ali, sentado junto do fogo, diante dela, desperto e lúcido como agora, e, ao vê-la, nem senti medo.

Apesar dos anos transcorridos, não me foi difícil reconhecê-la. Minha mãe continuava tal qual eu me lembrava, exatamente igual a quando ainda estava viva e andava dia e noite pela casa, cuidando do gado e de toda a família. Ainda estava com aquele vestido que Sabina e minha irmã lhe puseram depois que ela morreu e aquele lenço preto que nunca tirava. E, agora, sentada no escano, junto do fogo, imóvel e em silêncio, como sempre, parecia ter vindo para mostrar-me que era o tempo, e não ela, que realmente estava morto.

Durante toda a noite, a cadela passou uivando na entrada, desperta e assustada, como quando em Ainielle os vizinhos ainda velavam seus mortos, ou como quando os contrabandistas ou os lobos se aproximavam do povoado. Durante toda a noite, minha mãe e eu permanecemos em silêncio, vendo o fogo consumir os tojos e, com eles, as lembranças. Depois de tantos anos, depois de tanto tempo separados pela morte, nós dois estávamos de novo frente a frente, sem nos atrever, apesar disso, a reatar uma conversa interrompida bruscamente havia muito tempo. Eu nem sequer ousava olhar para ela. Sabia que continuava na cozinha pelos latidos assustados da cadela e pela estranha sombra imóvel que as chamas projetavam sob o chão do escano. Em nenhum momento, porém, senti medo. Nem um só instante me deixei invadir pela suspeita de que minha mãe tivesse vindo para velar minha própria morte. Só ao amanhecer, quando uma tênue luz me acordou de repente ainda sentado junto do fogo e comprovei que ela já não estava comigo na cozinha, um negro calafrio me percorreu pela primeira vez quando o calendário me lembrou que aquela que estava indo embora por trás das árvores era a última noite de fevereiro. A mesma, exatamente, em que minha mãe morrera havia quarenta anos.

A partir daquele dia, minha mãe voltou a me fazer companhia muitas vezes. Chegava sempre pela meia-noite, quando o sono começava a me render e os troncos a se apagar entre as brasas da fogueira. Sempre aparecia na cozinha de surpresa, sem ruído, sem barulho de passos, sem que as portas do corredor e da rua anunciassem previamente sua chegada. Mas, antes de entrar na cozinha, antes ainda de sua sombra aparecer na viela, eu sabia que minha mãe estava se aproximando pelos latidos assustados da cadela. E, às vezes, quando a solidão era mais forte do que a noite, quando o cansaço e a loucura transbordavam as lembranças, corria para a cama e me escondia sob os cobertores, como uma criança, para não ter que compartilhá-las com as dela.

Uma noite, no entanto, pelas duas ou três da manhã, um estranho murmúrio me despertou de repente. Era uma noite fria, de final de outono, e a chuva amarela cegava a janela, como agora. No início, pensei que aquele murmúrio viesse de fora da casa, que fosse o ruído do vento arrastando as folhas mortas pela rua. Mas depois me dei conta de que estava enganado. Aquele murmúrio estranho não vinha da rua. Aquele murmúrio estranho vinha de algum lugar da casa e era um ruído de vozes, de palavras próximas, como se na cozinha houvesse alguém falando com minha mãe.

Imóvel na cama, fiquei ouvindo por um longo tempo antes de me decidir a levantar. A cadela deixara de latir e seu silêncio me alarmava mais do que aquele estranho eco de palavras. Mais até do que a chuva de folhas amarelas que tingia completamente a janela de amarelo. Quando saí para o corredor, o murmúrio parou de repente, como se na cozinha também me tivessem ouvido. Porém eu já pegara a faca que, desde o dia da morte de Sabina, sempre levo na jaqueta, e desci as escadas decidido a saber quem estava na cozinha com minha mãe. Não precisei dela. Nem me teria servido para nada. Com minha mãe, na cozinha, só havia sombras mortas, sombras negras, silenciosas, sentadas em círculo ao redor do fogo, que se voltaram ao mesmo tempo para me olhar quando, de repente, abri a porta às suas costas, nas quais pouco me custou reconhecer os rostos de Sabina e de todos os mortos da casa.

Saí para a rua sem me deter nem mesmo para fechar a porta atrás de meus passos. Lembro que, quando saí, um vento frio me golpeou o rosto. A rua inteira estava cheia de folhas mortas e o vento as levava em remoinhos pelos quintais e pátios das casas. Junto da casa de Bescós, parei para tomar fôlego. Tudo acontecera tão depressa, tão confusa e bruscamente, que ainda não tinha muita certeza de que não estava vivendo um sonho: ainda sentia na pele o calor dos lençóis, o vento me cegava e me empurrava para os lados, e, sobre os telhados e as cercas das casas, o céu era amarelo como nos pesadelos. Mas não. Aquilo não era um sonho. Aquilo que eu vira e ouvira na cozinha de minha casa era tão certo quanto eu estar agora no meio da rua, imóvel e assustado, ouvindo novamente vozes estranhas atrás de mim.

Durante alguns segundos, fiquei paralisado. Durante alguns segundos – um tempo interminável que o vento sublinhou açoitando com violência as janelas e as portas das casas –, pensei que meu coração fosse explodir. Acabava de sair fugindo da minha, acabava de deixar atrás de mim o frio e o olhar da morte, e agora, sem saber como, voltava a me encontrar frente a frente com a morte. Estava na cozinha de Bescós, sentada no escano, velando junto de um fogo inexistente a memória de uma casa da qual ninguém mais se lembrava, bem atrás da janela em que, sem querer, eu acabava de me apoiar.

Aterrado, saí correndo pelo meio da rua, sem nem saber para onde ia. Um suor frio me percorria todo o corpo e as folhas e o vento me cegavam. De repente, todo o povoado parecia ter-se colocado em movimento: as paredes se afastavam, silenciosas, à minha passagem, os telhados flutuavam no ar como sombras desgarradas de seus corpos, e, sobre o vértice infinito da noite, o céu tornara-se completamente amarelo.

Passei diante da igreja, sem me deter. Nem por um instante pensei em me refugiar dentro dela. O campanário se inclinava diante de meus olhos, ameaçador, e os sinos voltavam a tocar como se ainda continuassem vivos debaixo da terra. Na viela de Gavín, ao contrário, a fonte parecia ter morrido de repente. O cano deixara de verter e, entre as sombras negras das ulvas e dos agriões, a água era amarela como o céu. Corri até a Casa Lauro abrindo caminho contra o vento. As urtigas me arranhavam e as sarças se enredavam em minhas pernas, como se também quisessem me deter. Mas cheguei. Exausto. Ofegante. Várias vezes prestes a cair. E, quando finalmente me vi em campo aberto, longe das casas e das cercas dos quintais, parei para contemplar o que estava acontecendo ao meu redor: o céu e os telhados ardiam, confundidos numa mesma luz incandescente, o vento golpeava as janelas e as portas das casas e, no meio da noite, por entre o uivo interminável das folhas e das portas, um lamento infinito percorria todo o povoado. Não precisei voltar sobre meus passos para saber que todas as cozinhas estavam habitadas por seus mortos.

Durante toda aquela noite, vaguei pelos caminhos, sem me atrever a voltar para junto dos meus. Durante mais de cinco horas, esperei o amanhecer temendo que, talvez, nunca fosse chegar. O medo me arrastava pelos morros, sem rumo e sem sentido, e os espinhos agarravam-se a minhas roupas minando pouco a pouco meu ânimo e minhas forças. Mas eu não os sentia. Cegado pelo vento, mal podia vê-los, e a loucura me empurrava para além da noite e do desespero. E, assim, quando finalmente chegou o amanhecer, eu estava longe do povoado, no alto do Erata, perto do bebedouro abandonado do rebanho, que havia muitos anos eu não voltara a ver.

Ainda esperei, entretanto, sentado entre umas sarças, que o sol saísse. Sabia que no povoado ninguém me esperava – minha mãe sempre ia embora com o amanhecer –, mas estava tão cansado que mal conseguia manter-me em pé. Pouco a pouco, no entanto, fui me recuperando – talvez tenha até chegado a dormir por um momento – e, quando enfim o sol conseguiu romper as nuvens negras do Erata, eu me pus novamente a caminho, disposto a regressar. Morro abaixo e em plena luz do dia, não demorei a desandar o que havia andado aquela noite. O vento cessara e uma calma profunda estendia-se mansamente pelos morros. Embaixo, no vale do rio, os telhados de Ainielle flutuavam no nevoeiro com a mesma doçura de qualquer amanhecer. Já perto das casas, a cadela veio reunir-se a mim. Apareceu de repente, à beira do caminho, entre uns matagais, ainda tremendo de medo e emoção. A coitada passara a noite ali escondida e, agora, ao me encontrar, olhava-me em silêncio, tentando entender. Porém eu não podia dizer nada. Mesmo que ela entendesse minhas palavras, não podia explicar-lhe alguma coisa que nem eu mesmo conseguia compreender. Talvez, na realidade, tudo não tivesse passado de um sonho, um pesadelo turvo e torturado, fruto da insônia e da solidão. Ou talvez não. Talvez eu realmente tivesse visto e ouvido tudo o que vira e ouvira aquela noite – como agora via as cercas dos quintais e ouvia os gritos dos pássaros ao meu redor – e aquelas sombras negras continuassem na cozinha esperando minha volta. A companhia da cadela me deu forças, no entanto, para avançar por entre as casas e aproximar-me lentamente da minha. A porta da rua continuava aberta, tal como ficara, e um profundo silêncio brotava, como sempre, do fundo do corredor. Não duvidei um segundo. Nem sequer me detive para lembrar o que, naquela noite – e em muitas outras noites anteriores –, acreditava ter vivido. Entrei em casa convencido de que era tudo mentira, de que lá dentro não havia ninguém esperando na cozinha e de que tudo o que acontecera aquela noite fora, na realidade, apenas o fruto torturado da insônia e da loucura. De fato, não havia ninguém na cozinha. O escano estava sozinho, como sempre, e a janela projetava nele a primeira luz do dia. No fogão, porém, inexplicavelmente, o fogo que eu mesmo apagara ao me deitar continuava ardendo, envolto em um brilho estranho e misterioso.

Passaram-se vários meses sem que nada parecido voltasse a acontecer. Esperei a cada noite, sentado na cozinha, atento a qualquer ruído, temendo que a porta voltasse a se abrir sozinha e minha mãe aparecesse de novo diante de mim. Mas o inverno passou sem que nada acontecesse, sem que nada perturbasse a paz da cozinha e de meu coração. E, assim, quando chegou a primavera, quando as neves começaram a derreter e os dias a se alongar dentro dele, eu já tinha certeza de que ela nunca voltaria porque nunca existira a não ser em minha imaginação.

Mas voltou. De noite e de surpresa. Em meio à chuva. Lembro que novembro terminava e que, atrás das vidraças da rua, o ar era amarelo. Sentou-se no escano e ficou me olhando em silêncio, como no primeiro dia.

Desde então até hoje, minha mãe voltou muitas noites. Às vezes, com Sabina. Às vezes, rodeada de toda a família. Durante muito tempo eu me escondi, para não os ver, em algum lugar do povoado, ou vaguei durante horas pelos morros, sem rumo nem sentido. Durante muito tempo resisti a aceitar sua companhia. Mas continuaram vindo, cada vez mais amiúde, e, finalmente, não tive outro remédio senão resignar-me a compartilhar com eles minhas lembranças e o calor da cozinha. E, agora que a morte já ronda a porta deste quarto e o ar vai pouco a pouco tingindo meus olhos de amarelo, até me consola pensar que estão ali, sentados junto do fogo, esperando o momento de minha sombra se reunir para sempre com as suas.

11

Sempre o imaginei assim. De repente o nevoeiro inundará minhas veias, meu sangue se congelará como as fontes dos desfiladeiros em janeiro e, quando tudo tiver terminado, minha própria sombra me abandonará e descerá para ocupar meu lugar junto do fogão. Talvez isso seja a morte, simplesmente.

Sempre o imaginei assim. Até quando ainda a acreditava muito distante. Mas, agora que a morte se aproxima, agora que o tempo está acabando e o nevoeiro já envolve as barras da cama e minhas lembranças, fecho novamente os olhos, penso naqueles dias e, de repente, assalta-me a suspeita de que minha sombra talvez já esteja desde então sentada junto do fogo com as deles.

Não é a primeira vez que tenho essa suspeita. Na realidade, é uma sensação que nunca me abandonou desde a própria noite em que minha mãe apareceu pela primeira vez. A sensação obscura e impenetrável de que, talvez, também eu estivesse morto e de que tudo o que foi vivido desde então tenha sido apenas o eco final da memória ao desfazer-se no silêncio.

Desde a noite em que minha mãe apareceu pela primeira vez, nunca voltei, de fato, a me olhar no espelho. O que estava pendurado numa viga na entrada – aquele pequeno espelho diante do qual, de vez em quando, eu podia ver, ao me barbear, o avanço implacável em meu rosto da decrepitude e da morte – uma rajada de vento espatifou no chão naquela mesma noite, e os que uma vez ou outra encontrei abandonados pelo povoado estavam quebrados ou turvados pelo óxido do tempo. Decerto algum ainda poderia ter devolvido meu olhar se apenas fosse despojado de sua capa de silêncio. Mas nunca tive a coragem suficiente para limpar um deles e encarar a verdade frente a frente. Sempre, no último instante, faltou-me a coragem necessária para mostrar-me na boca do abismo que, sem dúvida, me esperava do outro lado do espelho.

Desde a noite em que minha mãe apareceu pela primeira vez, também nunca voltei a sair de Ainielle. A verdade é que, antes, costumava fazê-lo poucas vezes: uma em abril, para comprar alimento e munição na casa de Pallárs em troca das peles, e porventura mais um par delas em setembro, até Broto ou Sabiñánigo, para vender no mercado algum saco de frutas das muitas que agora apodreciam nas árvores de Ainielle. Mas voltava logo. Não gostava de deixar o povoado sozinho por muito tempo. Temia que, em minha ausência, se repetisse o que um dia já acontecera enquanto eu estava no morro com a cadela.

Foi numa tarde de agosto, há cinco anos, e, embora desde aquele dia muitas coisas tenham sucedido em minha vida – entre outras, talvez, minha própria morte –, o que aconteceu aquela tarde ainda continua vivo e inalterado em minha lembrança. Lembro-me, por exemplo, da brisa de Motechar, do aroma do tojo e dos tomilhos entre os quais no dia anterior eu escondera os laços e os alçapões. Lembro-me daquelas nuvens que subiam lentamente de Espierre e daquele brilho negro que me obrigou a retornar a Ainielle antes do tempo, por volta do meio-dia. Foi como se o próprio céu me avisasse o que estava acontecendo, como se aquele brilho negro me empurrasse sem querer para o próprio coração da luz e da tormenta. Demorei, entretanto, a avistar o povoado. A chuva me cegava e a brisa, de repente agitada e violenta, enredava-se em remoinhos em minhas roupas. Porém, ainda longe, do caminho velho das cabanas de Motechar, já avistei o cavalo amarrado na frente da entrada da Casa Aurelio. Minha primeira impressão foi simplesmente de surpresa. Era a primeira visita que recebia depois de muito tempo; a primeira ocasião, desde o enterro de Sabina, em que alguém se atrevia a penetrar nos domínios do esquecimento e da morte. Lentamente, abrindo caminho contra o vento, avancei por entre as casas decidido a saber quem estava na casa de Aurelio e o que fazia ali. Não demorei muito para saber. Bastou chegar perto do cavalo – a cadela ficou atrás, cobrindo minhas costas, sem latir – para entender por que o dono, fosse ele quem fosse, viera a Ainielle: vários móveis se apoiavam dos dois lados da porta e, no meio da rua, um monte de ferramentas esperava para ser guardado em algum saco. Minha primeira intenção foi procurá-lo; mas, depois, pensei que seria melhor esperar na entrada, com a escopeta preparada, até ele sair. Quando me viu, Aurelio ficou paralisado. Fez um gesto impreciso com a mão, como se fosse me cumprimentar – depois de tantos anos –, mas minha frieza o fez entender que não obteria resposta de minha parte. Durante alguns segundos, permanecemos frente a frente, sem nos falar. Talvez nesses instantes Aurelio estivesse recordando aquela madrugada em que nós dois nos despedimos para sempre – na manhã seguinte, ele iria embora – no mesmo lugar em que estávamos agora. Mas eu já não podia lembrá-lo. Tanto tempo transcorrera desde então, tanto esquecimento se acumulara em meu olhar, que eu mal podia ver as marcas que o passar dos anos fora deixando em seu rosto. Por isso, coloquei-me de lado e apontei-lhe a arma, sem deixar de olhá-lo um só instante. Por isso, obriguei-o a ir embora sem trocar uma palavra nem o deixar levar qualquer coisa. Quando, finalmente, sumiu puxando o cavalo por entre as árvores, disparei contra a chuva para fazê-lo compreender que nunca deveria voltar, porque estes já não eram nem sua casa nem seu povoado.

As ferramentas e os móveis apodreceram na rua sem que, de fato, jamais Aurelio ou seus filhos voltassem para buscá-los. Pelo visto, ao chegar a Berbusa, Aurelio contara que eu estivera prestes a matá-lo e, desde então, nem mesmo os pastores ousaram, como antes, cruzar com seus rebanhos os limites do vale.

Também eu pouco voltei a abandoná-los. Quando o fiz, porém – algumas vezes que fui comprar alimento em algum povoado próximo –, notei que a surpresa provocada por minhas visitas ocasionais transformara-se de repente em medo e desconfiança. Ninguém mais me olhava, como antes, como se olha um velho abandonado e solitário. Olhavam-me como um louco e como um louco me tratavam, escondendo-se atrás das janelas à minha passagem. Mas eu não me importava muito. Nem sequer me virava para lhes mostrar que sentia seus olhares em minhas costas. Havia me acostumado a viver sozinho e, no fundo, preferia seu silêncio a suas palavras.

Seu silêncio tornou-se definitivo e suas palavras se calaram para sempre apenas alguns dias antes do retorno de minha mãe. Foi no inverno seguinte ao que aconteceu com Aurelio, aquele primeiro inverno que tive que enfrentar confiando unicamente em minha capacidade de resistência e na sorte. A verdade é que não tinha outro remédio. O verão anterior, a solidão calara fundo em meus ossos e, no início de setembro, senti-me já sem forças para descer a Biescas para comprar, como todos os anos nessa mesma época, os alimentos e as coisas necessárias para poder passar sem muitos sobressaltos os longos meses de neve.

O outono transcorreu estranhamente plácido e sereno. O vento do Erata demorou a aparecer e as chuvas atrasaram sua chegada até o dia de Todos os Santos. Tive tempo, em outubro, para colher sem pressa as frutas e as batatas e para cortar a lenha de que poderia precisar até o verão. E, como por outro lado eu ainda guardava algumas provisões do inverno anterior na despensa e a caça acudia docilmente ao chamado de meus laços e alçapões, achei que agüentaria sem problemas até a primavera.

Mas chegou dezembro e, com ele, a primeira grande nevada do inverno. Foi uma das maiores nevadas de que me lembro. Durante quase uma semana, arremeteu dia e noite sobre Ainielle e, embora no final não chegasse a ser como aquela grande nevada de minha infância, que obrigava as pessoas a saírem pelas janelas das casas e os cães a latir dos corredores e telhados das cocheiras, foi pelo menos suficientemente intensa para me enterrar vivo em casa por um mês inteiro. O pior foi que também enterrou os laços e os alçapões e que, a partir de então, vi-me obrigado a sobreviver apenas com o pouco que ainda guardava na despensa.

Primeiro, acabaram-se a farinha e o toucinho, depois a carne seca e, até o ano-novo, os últimos feijões e o azeite. Lembro que, aquele dia, fiz uma panelada enorme com tudo o que havia na despensa. Embora ninguém viesse me acompanhar, queria celebrar aquela noite com um bom jantar. Depois, começou a luta pela sobrevivência. Durante muitos dias, sustentei-me unicamente à base de batatas e nozes (o resto das frutas fora apodrecendo nas arcas – a umidade da despensa era cada vez mais intensa – e as que ficaram esquecidas pelos quintais já estavam enterradas, como eu, sob um metro de neve). Assim agüentei o resto de dezembro e janeiro inteiro. Cozinhava as batatas na panela ou assava-as entre as brasas, colocava-as para esfriar na janela da entrada, ao sopro da neve, e depois, como antigamente com Sabina, sentava-me na cozinha e as compartilhava com a cadela. Não tinha outra coisa para lhe oferecer.

Mas as batatas também começaram a escassear e a neve continuava imóvel, gelada, indestrutível, atrás da porta, como se nunca mais fosse voltar a derreter. Os dias transcorriam silenciosos e vazios, sempre iguais, e, à medida que iam passando, a esperança de poder voltar ao morro ia se tornando cada vez mais longínqua e incerta. Naquele momento, enquanto a neve persistisse, não me adiantaria nada. O temporal, sem dúvida, teria expulsado as lebres para o vale e o javali agora devia estar acaçapado em sua toca, como eu, esperando a hora de poder retomar suas correrias pelo morro. Por volta do final de janeiro, caiu mais uma nevada – antes que a outra tivesse começado a derreter – e a esperança bruscamente deu lugar a um profundo sentimento de ameaça e de impotência. Era uma sensação nova e, no início, inconfessável, uma suspeita obscura, então ainda muito distante, que crescia pouco a pouco com a neve e, com ela, se espessava. Ao longo de minha vida, eu certamente conhecera situações muito difíceis, algumas mais duras ainda – como a morte de Sabina ou a primeira noite que passei completamente sozinho nesta casa – do que a que suportava agora. Até então, porém, nunca imaginara que algum dia teria que enfrentar a fome cara a cara.

Nos primeiros dias de fevereiro, a situação tornouse insuportável. A ameaça da fome me fora obrigando a racionar cada vez mais as últimas reservas de alimento e a fazer uma coisa que, até então, sequer poderia ter imaginado: inspecionar de cima a baixo todo o povoado, sobretudo as casas que estavam abandonadas havia menos tempo, procurando alguma coisa que pudesse prolongá-las. Como era de esperar, não achei quase nada: alguns restos de farinha estragada nas arcas, várias latas de conserva já oxidadas e, obviamente, incomestíveis e, na casa de Gavín, no primeiro dia, um saco de feijões enrugados e ressecados – seu dono morrera havia mais de cinco anos – que fui dando à cadela, cozidos com as cascas de batata. No fundo, era ela que mais me preocupava. Eu sabia, no final das contas, que podia resistir mais duas ou três semanas – a raiva e o orgulho me ajudavam –, mas ela não podia compreendê-lo e gemia dia e noite, estirada na entrada, como nos meses que se seguiram à morte de Sabina.

Não era casual a estranha semelhança com o comportamento que a cadela tinha aqueles dias. Por trás da janela, a neve era a mesma, o silêncio invadia tal como então os últimos cantos da casa e, ao lado do lume, na cozinha, minha apatia e meu mutismo com certeza também eram iguais. Não é que eu o esteja pensando agora. Também o pensava aquela tarde, a caminho de Berbusa, enquanto, com grande dificuldade, abria passagem em meio à neve, tal como no dia em que desci para pedir companhia aos vizinhos para velar o corpo de Sabina aquela noite e dar-lhe sepultura no dia seguinte. Agora, ao cabo dos anos, também descia para pedir ajuda. Precisava que me dessem um pouco de comida. Durante muito tempo eu fora adiando aquele momento, mas, finalmente, a neve e o olhar da cadela puderam mais do que minha capacidade de resistência e meu orgulho.

Os cães de Berbusa foram ao meu encontro no caminho e, enquanto permaneci no povoado, não me largaram mais um segundo. Assustados e hostis, latiam para mim de perto, mostrando-me suas dentaduras ferozes, como se eu fosse um ladrão ou um vagabundo. Mas a barulheira dos cães não pareceu alertar os habitantes. Pelo menos, nenhuma porta se abriu e ninguém apareceu para saber o que estava acontecendo. Era como se o povoado inteiro também estivesse completamente vazio. Como se, tal como em tantos outros povoados das redondezas, seus habitantes também tivessem ido embora e os cães fossem os únicos a permanecer ali, defendendo as casas e os bens de uns donos que nem sequer se tinham preocupado em lhes dar um tiro antes de partir. Porém eu sabia muito bem que aquilo era mentira. Sabia que, em Berbusa, ainda restavam seis famílias e que, agora, muitos olhos estavam me espiando, escondidos atrás das janelas das casas.

Durante muito tempo perambulei como se fosse mais um cão pelas ruas solitárias e vazias. Ao contrário daqui de cima, lá a neve já começava a derreter e, no umbral das entradas, as pegadas dos cães se misturavam com outras de pessoas que, aparentemente, não existiam. Aparentemente sozinho. Da rua, podia ouvir seus passos sigilosos no final dos corredores, ouvir suas palavras em voz baixa por trás de algumas cortinas e intuir, no prolongamento de seu silêncio, a inquietação causada por minha presença ao lado de suas casas. Certamente, todos estavam lembrando o dia em que Sabina decidiu pôr fim à vida e indagando-se o motivo que agora, novamente, ao cabo dos anos, me impelia a descer até Berbusa, abrindo passagem em meio à neve. Talvez algum deles, até, ao me ver com a corda na cintura, tenha pensado por um instante que eu fizera a mesma coisa que Sabina e que aquilo que viam agora era apenas a sombra de minha alma que descera para lhes pedir (como certamente fará esta noite) que viessem a Ainielle me dar sepultura. Mas sei muito bem que, então, ainda estava vivo. Embora a solidão já tivesse começado a confundir meus sentidos, tal como um sonho lento, ainda tinha consciência de mim mesmo e, no meio das ruas, sentia seus olhares e o cerco de silêncio que os cães pouco a pouco foram estendendo ao meu redor. Aquele mutismo perturbava também a eles. Tinham percorrido todo o povoado seguindo meus passos; durante todo o tempo tentaram inutilmente alertar os habitantes e, agora, junto da última casa, novamente à beira do caminho, olhavam-me com estranheza, sem entender por que seus donos não acudiam, como outras vezes, ao fragor de seus latidos. Fazia tempo, no entanto, que eu o compreendera. Depois de cruzar a barreira de ameaças que eles mesmos me opunham, depois de atravessar o povoado de ponta a ponta e de bater em várias portas sem obter nenhuma resposta, eu sabia que podia ir embora quando quisesse, pois ninguém em Berbusa abriria para mim.

Foi a última vez que me rebaixei tentando pedir ajuda, a última vez que alguém pôde me ver além das fronteiras que o orgulho e a memória me impunham claramente. Pelo rastro que deixara na neve ao descer, retornei à única casa cuja porta continuava aberta para mim. Lembro que, quando cheguei, já era noite. O céu estava gelado e o reflexo da neve o inundava de uma estranha claridade. Até de madrugada fiquei contemplando-o, sentado com a cadela no escano da entrada.

12

Esse foi meu lugar o resto dos dias de minha vida. Dali os vi passar como as nuvens por meus olhos, um a um.

Dali, do lugar em que meu pai um dia também contemplou a passagem inexorável dos seus, assisti, já impassível, à decomposição final do povoado e de meu corpo, e esperei sem pena nem impaciência a chegada desta noite. Só a cadela continuou comigo até o final. Só a cadela e esse rio silencioso, melancólico, solitário e esquecido como eu, que leva em sua corrente a corrente de minha vida e que é o único que sobreviverá a mim.

Até sua margem fui muitas vezes estes anos, buscando companhia, quando a solidão era tão forte que nem mesmo as lembranças conseguiam subtrair-me à sua obsessão. Já o havia feito algumas vezes antes, naquele tempo em que as pessoas começaram a ir embora de Ainielle e eu descia à noite para me esconder no moinho, para não me ver obrigado, de manhã, a me despedir delas. Então, o rio me emprestava seu silêncio e seu poder de ocultação, a clandestinidade distante de umas sombras que eu conhecia e freqüentava desde menino. Agora, porém, não era a solidão que eu ia buscar nele. Agora, a solidão estava por toda parte, impregnava as casas e o ar em torno de mim, e só junto do rio, entre as aveleiras e os choupos da margem, eu encontrava consolo para tanta paz.

Nunca consegui entender muito bem por quê. Talvez fosse o murmúrio das folhas sobre a água. Talvez as próprias sombras dos troncos que, ao se juntar, confundiam minha memória e meu olhar. Mas a companhia dos choupos me acalmava. Como nos carvalhais do Erata ou no pinheiral de Basarán, entre as árvores do rio eu sempre tinha a impressão de não estar só, de que havia alguém mais entre as sombras. E essa própria suspeita que me perturbava quando criança e que, depois, fui esquecendo com a idade agora voltava para me ajudar a suportar a solidão de Ainielle e a passagem inexorável dos dias por suas ruas.

Entre as árvores do rio, no entanto, a impressão de não estar sozinho não era apenas uma suspeita, como nos bosques do Erata ou Basarán. Entre as árvores do rio havia, de fato, muitas sombras, além da minha, e um murmúrio interminável de palavras e sons que o ruído da espuma, nas corredeiras, não chegava a sepultar. As sombras só eu podia perceber. Desfaziam-se como fumaça no olhar e algumas vezes cheguei mesmo a duvidar de que existissem de verdade. Mas o pranto dos cães – aquele gemido triste que brotava das águas e no qual se confundiam os de todos os filhotes de cachorros que, ao longo da história, nós, os habitantes de Ainielle, entregamos ao rio – a cadela também podia ouvir, tal como eu, e respondia nervosa quando, entre eles, reconhecia de repente o de seus seis irmãos de ninhada, bem junto da poça em que eu os afogara, enfiados num saco, pouco depois de nascerem.

Pobre cadela. Nem sequer chegara a conhecê-los. Foi a única a se salvar de toda a ninhada, e quando abriu os olhos seus irmãos já estavam apodrecendo no saco, entre as espadanas e os juncos de algum poço, talvez a muitos metros de distância, rio abaixo. Na realidade, a cadela não conheceu quase ninguém de sua raça. Sua mãe morreu por causa daquele parto – eram muitos anos e partos demais que a velha *Mora* arrastava às suas costas –, e ela cresceu sozinha, completamente sozinha, pelas ruas de um povoado que até mesmo os cães haviam abandonado. Sabina foi sua verdadeira mãe. Criou-a dia a dia com o leite das cabras e, no início, algumas noites, até a levou conosco para a cama. Sabina, porém, morreu sem a batizar. Nenhum de nós dois pensou nisso. Para quê? Que falta faria um nome àquela cadela se já não havia no povoado nenhum outro cão de quem precisasse ser diferenciada?

Quem diria. Aquela pobre cadela sem nome nem ninhada, aquele filhote cego que se salvou de ser afogado por mero acaso – foi o último a nascer – seria, com o tempo, o único ser vivo a me acompanhar até o final. Quando todos se foram, ela ficou comigo. Quando me encerrei em casa, depois daquela última viagem até Berbusa, e decidi não sair mais daqui, ela seguiu meu exemplo, sem nem se preocupar com sua sorte no caso de um dia também eu a abandonar. E ali, deitada na entrada, debaixo do escano em que passei estes últimos anos de minha vida, a cadela compartilhou meu destino sem receber em troca nada além de um pouco de carinho e de comida.

Não sei se ela também perdeu a noção dos dias à medida que passavam; se, por trás de sua indiferença, não se escondia apenas o desamparo que decerto a impossibilidade de deter o tempo lhe causava. Não era fácil saber. A cadela estava sempre deitada entre meus pés, debaixo do escano, ou vagando sem rumo pelo povoado, atrás de meus passos, e seu olhar mal transmitia outra expressão que não a de um imenso fastio e desencanto. Só as escapadas até o morro conseguiam tirá-la desse estado. Só as escapadas até o morro e também, de vez em quando, o uivo longínquo de algum lobo que à noite cruzava as cristas do Erata. Mas, em seguida, submergia novamente no desânimo. Quando voltávamos para casa, a cadela tornava a cair num estado de apatia cada vez mais cruel e desesperançado, cada vez mais impenetrável. Talvez acontecesse com ela o mesmo que comigo: o tempo transcorria com tanta mansidão, deslizava por entre as casas e as árvores tão lento e imperturbável, que eu nem sequer podia me dar conta de que estava se evaporando entre minhas mãos, como um frasco de álcool.

O tempo sempre flui tal como flui um rio: melancólico e equívoco no início, precipitando-se à medida que os anos vão passando. Tal como o rio, enreda-se por entre as ulvas ternas e o musgo da infância. Tal como ele, despenca pelos desfiladeiros e pelos saltos que marcam o início de sua aceleração. Até os vinte ou trinta anos, acreditamos que o tempo seja um rio infinito, uma substância estranha que se alimenta de si mesma e nunca se consome. Chega um momento, porém, em que o homem descobre a traição dos anos. Chega sempre um momento – o meu coincidiu com a morte de minha mãe – em que, de repente, a juventude acaba e o tempo degela como um monte de neve atravessado por um raio. A partir desse instante, nada volta a ser como antes. A partir desse instante, os dias e os anos começam a se encurtar e o tempo se transforma em um vapor efêmero – como o que a neve desprende ao derreter – que pouco a pouco envolve o coração, adormecendo-o. E, assim, quando queremos nos dar conta, já é tarde para tentarmos sequer nos rebelar.

Eu me dei conta de que meu coração estava morto no dia em que os últimos vizinhos se foram. Até então, vivera sempre tão entregue ao trabalho, tão ligado à casa e à família – apesar de todos os meus esforços, afinal, não terem adiantado nada –, que nem tivera tempo de ver que eu mesmo envelhecia. Mas aquela noite, no moinho, enquanto a Casa Julio fazia os últimos preparativos para a partida e a chuva amarela caía mansamente sobre o rio, de repente me dei conta de que meu coração também já estava completamente inundado pela chuva. Depois, aconteceu aquilo com

Sabina. E, a partir desse dia, a solidão obrigou-me a ser testemunha permanente e irremediável de minha própria destruição sob o peso dos anos vividos.

No entanto, foi nestes últimos anos, desde que decidi não voltar a buscar fora de Ainielle o que ninguém me daria, que a solidão tornou-se tão forte que até cheguei a perder a noção e a memória dos dias. Já não se tratava daquela estranha sensação de desconcerto que me invadira no primeiro inverno, causada pela morte de Sabina. Tratava-se simplesmente de que eu já não era capaz de lembrar o que acontecera no dia anterior, nem se realmente ele existira, nem de sentir dentro de mim, como sempre sentira, o fluxo intermitente das horas correndo com o sangue por minhas veias. Era como se o tempo tivesse parado de repente; como se meu coração estivesse completamente apodrecido – tal como as frutas nas árvores de Ainielle – e os dias resvalassem sobre ele quase sem que eu pudesse senti-los. Lembro que, no início, aquela sensação estranha me assustava. Assaltava-me à noite como um pesadelo, obrigando-me a ficar acordado, sem dormir, dando voltas e mais voltas na cama, diante do medo de que, se o sono me vencesse, talvez nunca mais eu despertasse. Pouco a pouco, no entanto, fui me habituando a ela e até comecei a experimentar um prazer especial em me deixar arrastar por aquela vertigem. Era como quando, criança, tomando banho no rio, eu me deitava na água e, completamente imóvel, deixava-me levar pela correnteza na direção das passagens subterrâneas do moinho das quais ninguém retornava. Sentado na entrada ou na cozinha, com o olhar quieto e indiferente, em algum ponto da paisagem ou do lume, invadia-me novamente a mesma sensação, confusa e perturbadora, de paz e de perigo.

No rio, porém, eu sabia que podia me deter e escapar da correnteza, no último momento, assim salvando a vida, ao passo que, agora, a correnteza estava dentro de mim mesmo. Embora não a sentisse, sabia que fluía por minhas veias como um rio invisível e que me arrastaria irremediavelmente quando o turbilhão final do tempo penetrasse sob as passagens abissais e infinitas da morte em que está entrando agora. E, às vezes, quando a solidão era mais forte que o silêncio, sentia suas sombras tão próximas, tão violentas, que abandonava meu lugar na entrada ou na cozinha e vagava horas inteiras junto do rio, para esquecer aquele murmúrio de água morta que corria por minhas veias.

Uma dessas vezes, já não lembro quando – a memória me falha e se desfaz como escarcha ao evocar estes últimos anos de minha vida –, a noite me surpreendeu ainda sentado junto do rio. Lembro, sim, que era uma tarde fria, de novembro ou dezembro (o vento, gelado, descia pelo rio e os choupos já estavam desfolhados), e que fazia horas que não me movia do lugar. A cadela me olhava, deitada entre os juncos, talvez estranhando que aquela tarde eu demorasse tanto em voltar para o lado do lume. Certamente estava com frio. Mas eu continuava sentado, embrulhado na jaqueta, contemplando em silêncio o cair da noite por entre as árvores do rio. Sentia um frio estranho dentro dos pulmões – um frio mais intenso do que o do rio – e um medo inexplicável e repentino de voltar para casa e enfrentar mais uma vez o silêncio de minha mãe na cozinha. Pouco a pouco eu me acostumara à sua presença, resignara-me a compartilhar com ela, todas as noites, as lembranças e as brasas do lume, porém sua palidez mortal e seu mutismo continuavam produzindo em mim o mesmo mal-estar do primeiro dia.

Pouco a pouco, a noite foi caindo sobre o rio e envolvendo em sua penumbra as silhuetas dos choupos e minha própria incerteza. Com a chegada da noite, o rio pareceu de repente adquirir vida nova: o vento começou a uivar entre os juncos, as corredeiras calaram suavemente o eco torturado e interminável da espuma e o passar da água deu lugar de repente a uma confusa algaravia de sombras e sons. Folhas, asas de pássaro, murmúrios e gemidos misturavam-se com o vento e as corredeiras, enchendo todo o rio de mistérios e ameaças. A cadela aproximou-se e sentou-se a meu lado – orelhas erguidas, sentidos alertas –, não sei bem se oferecendo ou buscando companhia. Talvez tivesse ouvido algum latido abafado entre os juncos. Também não agüentei muito naquele lugar. Sabia que minha mãe estava me esperando na cozinha, como de costume – o aroma da fumaça que chegava do povoado avisava-me em meio à noite que ela mesma se encarregara de acender o lume –, mas também sabia que, se eu demorasse a voltar, certamente ela iria me buscar junto do rio. Antes que chegasse, levanteime e me pus a caminho. E, sem saber muito bem por que nem para onde ia, atravessei o pontão de um salto e saí andando na direção oposta à da fumaça.

A cadela me olhou, desconcertada – até se deteve no pontão, hesitando brevemente em me seguir –, mas logo me alcançou e continuou andando comigo morro acima. Lentamente, pelo caminho de Berbusa, fomos adentrando por entre os carvalhos, sentindo a fumaça distanciar-se pouco a pouco com o rio, às nossas costas. Era uma noite escura, talvez a mais escura de que tenho lembrança. Durante todo o dia, as nuvens foram se condensando no céu e, agora, acrescentavam às sombras dos carvalhos a luz negra de suas sombras infinitas. Chegou um momento em que a cadela e eu perdemos o caminho. Durante um longo tempo, tentamos encontrá-lo novamente, só conseguindo, no empenho da busca, nos desorientar mais ainda. Era estranho. A cadela e eu conhecíamos o morro palmo a palmo, havíamos andado por ele tantas vezes que até às cegas seríamos capazes de reconhecer cada encosta e cada árvore, mas aquela noite, inexplicavelmente, nenhum dos dois conseguia se orientar. Era como se os tojos e os carvalhos brincassem de nos enganar trocando de lugar; como se, de repente, uma nova ordem imperasse em torno de nós e o caminho de Berbusa tivesse evaporado sob nossos pés. Não sei quanto tempo passamos tentando encontrá-lo novamente. Nem sei se alguma vez chegamos a cruzá-lo em nossa busca, sem que nenhum de nós dois percebesse. Só sei que, de repente, ao dobrar uma encosta, descobri diante de nós as madeiras queimadas e os muros caídos do velho casarão de Sobrepuerto.

Exausto, deixei-me cair no capim, encostado num carvalho, já perto da casa e do caminho. Estava tão cansado que mal podia respirar. A cadela imitou-me, ofegante e nervosa, sem deixar um só instante de olhar para a casa. Era evidente que não gostava do lugar. Apesar de ainda nem ser nascida – nem ela, nem a *Mora*, nem a mãe da mãe da *Mora* – na época daquele incêndio terrível que surpreendera dormindo a família e todos os animais nas cocheiras – a causa, pelo visto, fora o fogão –, o perfil torturado dos muros e o cheiro de queimado que as vigas ainda exalavam ao cabo dos anos produziam na cadela um claro sentimento de aversão. A mesma coisa acontecia comigo. Com apenas quinze anos, eu subira até lá para apagar o fogo com todos os habitantes de Ainielle e de Berbusa – lembro que, aquela noite, os sinos dos povoados tocaram sem descanso até alta madrugada – e ainda trazia firmemente gravados na memória os bramidos brutais do gado aprisionado dentro das cocheiras e o lamento terrível, interminável, daquela pobre velha que sobreviveu quase uma hora com o cabelo e o rosto totalmente calcinados. Por isso, sempre que passava por ali, a caminho de Berbusa ou voltando para casa, benzia-me e apertava o passo. Aquela noite, porém, sentado entre os carvalhos, com a cadela a meu lado, a proximidade dos muros não só não me inquietava como, ao contrário, serenava meu ânimo e me tranqüilizava. Depois de várias horas perdido pelo morro, finalmente havia encontrado a referência e o caminho para poder voltar para casa.

Foi nesse instante, quando me dispunha a levantar para me pôr a caminho e retornar – sentia-me novamente com forças para isso –, que ouvi de repente aquele lamento horrível entre os paredões calcinados da casa. A cadela começou a uivar e um calafrio seco me percorreu de cima a baixo. Apesar disso, virei-me para a casa e avancei alguns passos. Poucos, apenas os necessários para vê-la: a velha caminhava ao meu encontro, olhando-me nos olhos, suplicando, como se tivesse ficado ali desde aquele dia esperando que alguém voltasse para socorrê-la.

Sim. Era ela, sem dúvida. A mesma camisola destroçada, o mesmo cabelo branco, ainda fumegante, o mesmo rosto negro e calcinado. Aterrado, voltei sobre meus passos e comecei a correr para longe dela. A cadela me seguiu rolando pela encosta e uivando sem parar atrás de mim. De repente, todo o morro parecia ter entrado em movimento. Os carvalhos se afastavam, silenciosos, à minha passagem, os tojos crepitavam tal como na cozinha, entre as chamas, e, sobre os tojos e os carvalhos, uma fumaça densa e misteriosa começava pouco a pouco a tomar conta do morro e de meus olhos. Envolto naquela fumaça, eu a vi de novo. No final da encosta. Esperando por mim. Como uma sombra negra e suplicante. Sem deixar de correr, virei à direita. Mas ela também estava ali. A velha estava em toda parte. Atrás de cada encosta. Atrás de cada árvore. Escondida em cada sombra e em cada curva do caminho. Era inútil continuar correndo, porque, onde quer que eu fosse, ela estaria me esperando, repetindo incansável aquele lamento horrível, brutal, interminável: Dêem-me água e matem-me!... Dêem-me água e matem-me!...

13

Dêem-me água e matem-me!

Mas quem está dizendo isso? De quem é esta voz que o repete, monótona e incansável, já algum tempo?

É a voz da velha ou é minha própria voz que está repetindo suas palavras?

E esta respiração? É minha respiração ou é a respiração final – final e interminável – de minha filha?

A fumaça abrasa meus pulmões, seca-me a garganta, põe em minha própria voz o eco de outras vozes e o ritmo irregular de outras respirações distintas da minha: Pai, estou com sede!... Dêem-me água e matem-me!... Vou morrer, não é verdade?... Dêem-me água e matem-me!... Pai, estou com medo!... Dêem-me água e matem-me!... Dêem-me água e matem-me!... Sim, vou morrer. Estou morrendo, é verdade. E estou com sede. E com febre. E com medo. Estou morrendo e ardem-me no peito todas as vozes mortas e todos os cigarros de minha vida. De minha vida, que está se acabando irremediavelmente.

Recosto-me no travesseiro. Busco o contato gelado das barras da cama. Respiro fundo, lentamente, deixo o ar entrar, refrescante e brutal, em meus pulmões. Antes de recuperar plenamente – plenamente? – a consciência, ainda ouço mais uma vez o eco do lamento da velha: Dêem-me água e matem-me!... Dêem-me água e matem-me!...

Dêem-me água e matem-me!

Se ainda houvesse alguém em Ainielle, eu também suplicaria agora o mesmo que a velha. Se ainda houvesse alguém em Ainielle.

Mas estou só. Completamente só. Frente a frente com a morte.

14

Muitas vezes ouvi que o homem sempre enfrenta sozinho este momento, mesmo que, em sua agonia, familiares e vizinhos o cerquem. Afinal, cada homem é responsável por sua vida e por sua morte, que só a ele pertencem. Mas suspeito – agora que minha vida está se acabando e a chuva amarela anuncia na janela a chegada da morte – que um olhar humano, uma simples palavra de ilusão ou de consolo, talvez bastassem para quebrar, pelo menos brevemente, a imensa solidão que estou sentindo agora.

Faz várias horas que a noite me cerca completamente. A escuridão apaga o ar e os objetos ao meu redor e a casa está submersa no silêncio. Pode haver algo mais parecido com isto do que a morte? Poderá realmente haver em algum lugar um silêncio mais puro do que este que agora me cerca? Certamente não. Certamente nada mudará, nem em minha memória nem em meus olhos, quando a morte se apoderar definitivamente deles. Continuarão lembrando, olhando, mas para além da noite e de meu corpo. Continuarão morrendo eternamente até que um dia alguém chegue e os liberte para sempre do feitiço da morte.

Até que um dia alguém chegue e os liberte. Mas quando acontecerá isso? Quanto tempo ainda haverá de se passar até que me encontrem e que minha alma possa finalmente descansar junto do meu corpo para sempre?

Enquanto havia habitantes em Ainielle, a morte nunca ficou vagando mais de um dia pelo povoado. Quando alguém morria, a notícia passava, de vizinho em vizinho, até o final do povoado, e o último a sabê-lo ia até o caminho para contá-lo a uma pedra. Era a única maneira de livrar-se da morte. A única esperança, pelo menos, de que um dia, avançado o tempo, seu fluxo inesgotável passasse para algum viajante que, ao vir pelo caminho, sem querer pegasse aquela pedra. Coube a mim fazê-lo várias vezes. Por exemplo, quando morreu Bescós o Velho. Ou quando Casimiro, o de Isabal, certa noite apareceu morto no caminho de Cortillas, com várias punhaladas no corpo. Casimiro descera até a feira de Fiscal para vender uns cordeiros, mas nunca voltou com o dinheiro da venda. Um pastor de Cortillas encontrou seu cadáver, ao fim de dez dias, sob um monte de pedras. Eu estava com as ovelhas no desfiladeiro e fui o último a saber. E aquela noite, enquanto todos dormiam, voltei ao lugar em que o haviam encontrado e contei-o a uma das pedras amontoadas pelo assassino para ocultar o corpo.

Quando Sabina morreu, em vez de contar a uma pedra, fui contá-lo a uma das árvores do quintal. Era uma macieira velha, uma árvore retorcida e quase seca que meu pai plantou junto do poço quando nasci, para nos ver crescer ao mesmo tempo. Quando Sabina morreu, a árvore tinha, portanto, sessenta anos e quase não dava colheita. Aquele ano, porém, seus galhos se encheram de flores na primavera e, ao chegar o outono, as maçãs os dobravam com seu peso. Eram maçãs grandes, carnudas, amarelas, que deixei apodrecerem na árvore, sem as provar, porque sabia que nutriam seu esplendor com a seiva putrefata da morte.

Essa seiva corre agora por minhas veias, doce e lenta, e não há ninguém em Ainielle que possa livrar-me dela quando morrer. Serei o único, o primeiro e o último a sabê-lo. Portanto, quem teria de ir até o caminho para contar a uma árvore ou a uma pedra que morri. Mas já não poderei fazê-lo. Também não poderei ir até Berbusa, como no dia da morte de Sabina, para pedir aos vizinhos que me enterrem. Não terei outro remédio senão esperar que me encontrem. Aqui, nesta mesma cama, olhando para a porta, enquanto os pássaros e o musgo me devoram e a seiva da morte vai lentamente apodrecendo minha lembrança.

15

Lentamente, as horas vão passando e a chuva amarela vai apagando a sombra do telhado de Bescós e o círculo infinito da lua. É a mesma de todos os outonos. A mesma que sepulta as casas e as tumbas. A que envelhece os homens. A que pouco a pouco destrói seus rostos, suas cartas e suas fotografias. A mesma que certa noite, junto do rio, entrou em minha alma para nunca mais me abandonar, pelo resto dos dias de minha vida.

Dia a dia, de fato, a partir daquela noite junto do rio, a chuva foi afogando minha memória e tingindo meu olhar de amarelo. Não só meu olhar. As montanhas também. E as casas. E o céu. E as lembranças que continuam presas a eles. Lentamente, no início, e depois no ritmo em que os dias passavam por minha vida, tudo ao meu redor foi se tingindo de amarelo, como se o olhar fosse apenas a memória da paisagem, e a paisagem um simples espelho de mim mesmo.

Primeiro, foi o capim, o musgo das casas e do rio. Depois o perfil do céu. Mais tarde, as ardósias e as nuvens. As árvores, a água, a neve, os tojos, até a própria terra foi trocando pouco a pouco a cor negra de suas entranhas pela das maçãs estragadas de Sabina. No início, eu acreditava que aquilo fosse apenas um delírio, uma ilusão fugaz de meu olhar e de meu espírito, que haveria de ir-se embora novamente tal como viera. Mas aquela ilusão continuou comigo. Cada vez mais precisa. Cada vez mais real e mais firme. Até que, certa manhã, ao me levantar e abrir a janela, vi as casas do povoado completamente tingidas de amarelo.

Lembro que passei todo o dia vagando pelo povoado, como em sonhos. Apesar de sua evidência, não acreditava totalmente no que via. As cercas, as paredes, os telhados, as janelas e as portas das casas, tudo ao meu redor era amarelo. Amarelo como palha. Amarelo como o ar de uma tarde de temporal ou como o brilho dos relâmpagos num pesadelo. Podia vê-lo, senti-lo, tocá-lo com as mãos, manchar minhas retinas e os dedos, tal como quando menino, lá na escola velha, brincava com tinta. O que eu acreditava ser uma ilusão, uma alucinação fugaz de meu olhar e de meu espírito, era algo tão real quanto o fato de eu ainda estar vivo.

Aquela noite, não consegui dormir. Até o amanhecer, permaneci sentado à janela, enrolado num cobertor, vendo as folhas sepultarem pouco a pouco os telhados e as ruas. Embaixo, na entrada, a cadela uivava tristemente, e, na cozinha, minha mãe ia e vinha, colocando de vez em quando mais troncos no lume.

Com certeza, as duas estavam com frio. Antes de amanhecer, pelas cinco ou seis da manhã, vi as duas saírem e sumirem por entre as casas, tal como quando Sabina ainda estava viva e a cadela a seguia em plena noite, em seus intermináveis passeios pela neve e pela loucura. Desta vez, porém, a cadela voltou sozinha, depois de pouco tempo, justo quando a noite começava a se dissolver numa mancha cinzenta e tênue. Parou diante da casa, ao pé da janela, e ficou me olhando em silêncio, fixamente, como se estivesse me vendo pela primeira vez. Então descobri – à contraluz fugaz da primeira luz do dia – que a sombra da cadela também era amarela.

Aquela descoberta não foi a última. Tampouco a mais dura: não tardei muito em me dar conta de que a minha também era. Então já começara a me acostumar, no entanto, à alteração das cores e das sombras e à melancolia que provocava em meus sentidos. Compreendera que não era meu olhar, mas a própria luz que se alterava. Podia vê-lo no céu, nos claros do rio, nos aposentos das casas em que o silêncio e a umidade se misturavam em uma pasta espessa e amarela. Era como se o ar estivesse podre. Como se o tempo e a paisagem tivessem se estragado pouco a pouco, ao contato com os galhos da macieira de Sabina. Quando o compreendi – aquela noite em que soube que a cadela também estava morta –, peguei o machado, decidido a cortar aquela árvore pela raiz. Porém, em seguida, me dei conta de que não adiantaria nada. A seiva da morte já invadira todo o povoado, corroía as madeiras e o ar das casas, impregnava meus ossos como uma umidade lenta e amarela. Tudo ao meu redor estava morto e eu não era uma exceção, embora meu coração ainda batesse.

Meu coração continuou batendo até esta noite, porém não consegui mais descansar. Ele haverá de parar, de fato, como um relógio velho, dentro de alguns minutos, talvez de algumas horas – em todo caso, antes de amanhecer –, sem ter voltado a sentir a vertigem do sono em suas batidas. O sono é como o gelo: paralisa e destrói, mas submerge a quem o toca na mais doce profundeza de si mesmo. Quantas vezes, sentado à janela, lembrei as longas noites da infância, quando a solidão ainda não existia e o medo era apenas o véu que ocultava os símbolos do sono que logo iria chegar. Quantas vezes desejei, enquanto a noite se estendia como um espaço morto diante de meus olhos, que a neve do sono os congelasse, mesmo que jamais pudesse voltar a despertar. Mas nunca aconteceu. Nunca voltei a sentir a vertigem invencível da neve penetrando dentro de mim. As noites transcorriam prementes e infinitas e eu as via passar, imóvel na cama ou passeando sem descanso pela casa, enquanto a cadela uivava na viela e minha mãe me esperava sentada no cozinha. E, às vezes, quando o compasso do coração era tão forte que retumbava nas paredes e em meus ossos como um relógio prestes a estourar, abandonava a cama ou minha vigília ao pé da janela e vagava horas inteiras pelo povoado, em meio à solidão e às ruínas das casas, até o amanhecer surpreenderme sentado em alguma parte, tão inquieto, tão cansado, que nem sequer lembrava se ficara ali adormecido ou se simplesmente acabara de chegar àquele lugar.

Hoje também não lembro quanto tempo passei sem dormir. Dias, meses, anos talvez. Há um momento de minha vida em que as lembranças e os dias se confundem, um ponto indefinido e misterioso no qual a memória se desfaz como o gelo e o tempo se transforma numa paisagem imóvel e impossível de apreender. Talvez vários anos tenham se passado desde então – anos que, em algum lugar, alguém certamente terá se ocupado de contar. Ou talvez não. Talvez esta noite que estou vivendo ainda seja aquela mesma em que entendi que já estava morto e que, por isso, já não podia dormir. Mas, seja o que for, o que importa agora? Que tenham se passado cem dias, cem meses, cem anos, que diferença faz? Passaram tão depressa que mal tive tempo de vê-los ir embora. Se, ao contrário, é esta mesma noite que está se prolongando, escura e interminável, por que evocar agora um tempo que não existe, um tempo que é areia sobre meu coração?

16

Como areia, o silêncio sepultará meus olhos. Como areia que o vento já não poderá espalhar.

Como areia, o silêncio sepultará as casas. Como areia, as casas irão desmoronar. Ouço já seus lamentos. Solitários. Sombrios. Abafados pelo vento e pela vegetação.

Cairão pouco a pouco, sem nenhuma ordem certa, sem nenhuma esperança, arrastando em sua queda todas as outras. Umas irão ruindo devagar, muito devagar, sob o peso do musgo e da solidão. Outras cairão de boca no chão, de repente, violenta e torpemente, como animais abatidos pelas balas de um caçador paciente e inexorável. Todas porém, mais cedo ou mais tarde, resistindo inutilmente mais tempo ou menos tempo, acabarão um dia devolvendo à terra o que sempre foi seu, o que ela sempre esperou desde que o primeiro homem de Ainielle o arrebatou.

Com certeza, esta será uma das primeiras a cair (talvez até comigo ainda dentro dela). Tendo já ruído a de Chano e a de Lauro, já apagados pelos espinheiros e pelos arbustos a memória e os muros da casa de Juan Francisco e da casa de Acín, a minha é uma das mais velhas de todas as que continuam em pé. Mas quem sabe? Pode ser que resista. Pode ser que siga meu exemplo e agüente até o final, desesperada e tenazmente, vendo-se ficar sozinha dia a dia, vendo as outras abandonarem-na pouco a pouco, tal como seus habitantes fizeram comigo. E pode até ser que um dia Andrés retorne, ao cabo dos anos, para mostrar Ainielle à sua família, em tempo de ainda ver sua casa em pé como lembrança da luta de seus pais e como testemunho silencioso do esquecimento em que nos deixou.

Mas será difícil. Se algum dia Andrés voltar, certamente será para ver um montão de arbustos e de ruínas. Se algum dia ele retornar, achará os caminhos fechados pelas sarças, as valas entulhadas, as cabanas e as casas ruídas. Não restará mais nada do que um dia foi seu. Nem as velhas vielas. Nem os quintais do rio. Nem a casa em que um dia ele veio ao mundo, enquanto a neve sepultava os telhados e, nas ruas e caminhos, crescia a ventisca. A neve, porém, já não será a causa da desolação que Andrés encontrará nesse dia. Ele buscará por entre as sarças e as vigas apodrecidas. Vasculhará entre os escombros dos muros antigos e talvez ainda encontre alguma cadeira quebrada ou as ardósias do velho fogão ao qual tantas vezes se aconchegou quando menino. Mas isso será tudo. Nem um retrato esquecido. Nem um vestígio de vida. Quando Andrés voltar a Ainielle, será para saber que tudo está perdido.

Quando Andrés voltar a Ainielle – se é que voltará algum dia –, muitos, antes dele, terão feito o mesmo. De Berbusa, de Espierre, de Oliván, de Susín. Os pastores de Yésero. Os ciganos de Biescas. Os antigos habitantes. Todos acudirão como abutres, à minha morte, para levar os despojos deste povoado no qual deixo minha vida. Quebrarão os ferrolhos, as portas. Saquearão as casas e as cabanas, uma a uma. Os armários, as camas, os baús, as mesas, a roupa e os utensílios, as ferramentas de trabalho e as louças de cozinha. Tudo o que nós, habitantes de Ainielle, reunimos durante séculos, com enorme trabalho, irá parar pouco a pouco em outros lugares, em outras casas, quem sabe em alguma loja de Huesca ou Zaragoza. Foi o que já aconteceu em Basarán e em Cillas. E em Casbas. E em Otal E em Escartín. E em Bergua. O mesmo que logo acontecerá também em Yésero e Berbusa.

Enquanto estive aqui, ninguém teve coragem de vir a Ainielle para levar as coisas que os habitantes haviam abandonado. Depois do acontecido com Aurelio, ninguém mais se atreveu sequer a cruzar a fronteira que sabiam que existia entre eles e mim. Algumas vezes vi alguém rondar pelos caminhos ou vigiar o povoado de longe, entre as árvores, mas todos fugiam ao me ver. Com certeza tinham medo de que um dia eu cumprisse a ameaça que fizera a Aurelio diante da porta de sua própria casa.

O que eles não sabiam – e nunca saberão – é que, ao vê-los, também eu sentia medo. Mas não deles. Nem de suas escopetas. Sentia medo de mim mesmo. Medo de não saber qual seria realmente minha reação se um dia me encontrasse no morro frente a frente com algum deles. Na realidade, o caso com Aurelio fora apenas um puro e simples aviso, uma ameaça feita com a única intenção de intimidá-lo para que ninguém mais voltasse a me incomodar. Nunca pensei, no entanto, que algum dia fosse obrigado a cumpri-la. Nem pensei – pelo menos aquele dia – se na verdade seria capaz de atirar nele a sangue frio se algum dia ele voltasse. Por isso, quando via alguém rondando os caminhos ou vigiando o povoado do morro, sentia medo de mim mesmo – medo de minha escopeta e de meu sangue – e me escondia.

Mas, dentro em breve, já não estarei vivo. Dentro de alguns minutos, talvez de algumas horas – em todo caso, antes do amanhecer –, já estarei sentado com os mortos ao redor do lume e Ainielle terá ficado totalmente vazio, totalmente indefeso, à mercê desses olhos que, agora, o vigiam. Talvez ainda demorem algum tempo para se aproximar. Talvez ainda esperem para comprovar que estou morto mesmo e não poderei sair para recebê-los com a escopeta. Mas, quando os habitantes de Berbusa descobrirem, no dia seguinte mesmo ao que meu corpo esteja finalmente jazendo sob a terra, todos, começando quem sabe pelos próprios habitantes de Berbusa, cairão como alimárias sobre as pedras indefesas deste povoado que, dentro em muito breve, também morrerá comigo. E, assim, o dia que Andrés vier, já não encontrará mais do que um montão de arbustos e ruínas.

Mas talvez Andrés não volte nunca. Talvez o tempo vá passando, irremissível e lentamente, sem que Andrés chegue a esquecer o que eu lhe disse, na noite anterior à sua partida. Talvez fosse o melhor. Talvez eu mesmo devesse lhe ter escrito esta manhã – e deixado a carta na mesinha, ao lado da cama, para que, quando viessem, os homens de Berbusa a encontrassem – e lhe ter lembrado mais uma vez as palavras daquele dia: que não voltasse nunca.

No entanto, é tarde demais para isso. É tarde demais até para pensar o que teria sido deste povoado, o que seria agora desta casa e de mim mesmo se, em vez de ir embora, Andrés tivesse resolvido ficar aqui comigo e com sua mãe. É tarde demais para tudo. A chuva está apagando a lua de meus olhos e, no silêncio da noite, já ouço o murmúrio longínquo, vegetal, desolado, como que de urtigas apodrecendo no rio de meu sangue. O murmúrio verde da morte que se aproxima. O mesmo que ouvi nos quartos de minha filha e de meus pais. O que fermenta nas tumbas, nas fotografias esquecidas. O único som que perdurará quando em Ainielle ninguém mais puder ouvi-lo. Crescerá com a noite, tal como as árvores. Apodrecerá com a chuva e com o sol de março. Invadirá os corredores e os quartos das casas enquanto estas forem caindo, enquanto a solidão e as urtigas forem apagando o rastro de seus muros, dos telhados desmoronados, a lembrança longínqua dos que as construíram e habitaram. Mas ninguém o ouvirá. Nem mesmo as víboras. Nem mesmo os pássaros. Ninguém se deterá para ouvir – tal como ouço agora – esse lamento verde da pedra e do sangue quando a vegetação e o frio da morte os invadem. E, um dia, ao passarem os anos, talvez algum viajante passe junto das casas sem saber que, certa vez, houve um povoado a seu lado.

Só se Andrés voltar, só se um dia esquecer minha velha ameaça ou se sua própria velhice finalmente despertar nele a compaixão e a nostalgia, buscará entre as pedras os vestígios desta casa, rastreará sob o capim a lembrança de seus pais; e – quem sabe? – talvez consiga ainda descobrir entre as sarças uma laje de pedra com meu nome gravado e o contorno da tumba em que, dentro em muito breve, dormirei esperando por ele.

17

Eu mesmo a cavei esta manhã, entre a de Sabina e a de Sara, com minhas últimas forças e a ajuda apenas de uma pá. Antes, precisei desbastar com uma foice as sarças da entrada e a espessa rede de urtigas e de mato que cobria completamente o cemitério. Desde a morte de Sabina eu não voltara a entrar nele.

Quando a virem – se passar muito tempo talvez se encha de novo de urtigas e de água –, muitos pensarão que, conforme se dizia, Andrés, da Casa Sosas, o último de Ainielle, certamente estava louco. Quem, a não ser um louco ou um condenado, seria capaz de cavar sua própria tumba instantes antes de morrer ou de ser executado? Mas eu, Andrés da Casa Sosas, o último de Ainielle, nem estou louco nem me sinto condenado, a não ser que estar louco seja ter permanecido fiel até a morte à minha memória e à minha casa, a não ser que se possa realmente considerar uma condenação o esquecimento em que eles mesmos me deixaram. Se cavei minha tumba foi simplesmente para evitar ser enterrado longe de minha mulher e de minha filha.

Também tinha pensado em fazer meu próprio caixão, tal como um dia fiz os caixões de meus pais, e meu pai, por sua vez, fez os de seus pais. Afinal, já não tenho ninguém que possa fazer o meu. Mas não pude. A madeira que tinha preparada para isso ainda estava úmida, apesar de tê-la cortado na primavera, com a lua minguante, para que a velha tília da escola não sofresse e sua madeira pudesse resistir debaixo da terra por muitos anos. Aprendi o segredo, ainda menino, com meu pai. Embora não nos demos conta, a árvore é viva, e sente, e sofre, e se contorce de dor quando o machado entra em sua carne, formando as estrias e os nós por onde mais tarde penetrarão o mofo e a carcoma, que algum dia acabarão por apodrecê-la. Por outro lado, com a lua minguante, as árvores dormem e, tal como quando um homem morre, de repente, em pleno sono, nem se dão conta de que estão sendo cortadas. Assim sua madeira fica lisa, compacta, impenetrável, capaz de resistir por muitos anos à podridão da terra.

Sempre desejei morrer assim: como uma árvore adormecida, como uma tília enfeitiçada, na paz da noite, à luz da lua. Porém, tampouco nisso a sorte está do meu lado. Não apenas estou morrendo completamente só, totalmente indefeso, como também estou consciente, a cada instante, de como o gelo vai avançando por meu sangue. Não apenas estou acordado – acordado e atento – diante das portas da morte como, há muitas noites, o sono e seus mistérios me abandonaram. E, como se não bastasse, em vez de me adormecer, em vez de me ajudar a enfrentar a morte, a luz se desfaz e também me abandona.

Já não me resta ninguém. Nem mesmo a cadela. Nem mesmo minha mãe. Minha mãe não veio me acompanhar esta noite – talvez esteja me esperando, com Sabina e com Sara, ao lado de minha tumba – e a cadela jaz sob um monte de pedras no meio da rua. Pobre cadela. Por mais que eu tente, enquanto meu coração resistir, não conseguirei esquecer seu último olhar. Ela nunca poderá entender por que o fiz. Nunca poderá saber a dor que senti ao me separar dela para sempre. Durante todos estes anos, foi o único ser vivo que não me abandonou e até, esta manhã, acompanhou-me ao cemitério e ficou na porta, imóvel e estranhando, como se quisesse averiguar para quem era aquela tumba que eu estava cavando. Depois, voltou comigo para casa e deitou-se debaixo do escano da entrada, como de costume, disposta a ver passar pela rua, mais uma vez, as lentas horas da tarde. Quando me viu sair de novo, levando a escopeta, seus olhos se alegraram. Fazia tanto tempo que não íamos ao morro, que começou a correr, latindo e saltando. Ao chegar junto da igreja ela se virou. Ficou quieta, olhando para mim, como se perguntasse por que estava lhe apontando a arma. Não esperei mais. Não pude agüentar nem mais um instante seu olhar triste e fiel. Fechei os olhos, apertei o gatilho e ouvi o tiro retumbar por entre as casas, brutal e interminável. Por sorte, o cartucho destroçou-lhe totalmente a cabeça. Era o último que me restava. Fazia vários anos que o estava guardando para ela.

18

Comigo ninguém teve esse cuidado. De mim ninguém se lembrou, nem mesmo na hora de me matar.

Deixaram-me aqui, completamente só, abandonado, roendo como um cão minha própria solidão e minhas lembranças.

Deixaram-me aqui como um cão sarnento que a solidão e a fome acabam condenando a roer seus próprios ossos.

Se eu tivesse feito o mesmo com a cadela, se não tivesse conservado até o final um último cartucho e a coragem suficiente para matá-la, ela mesma teria acabado por roer meus ossos. Ela mesma qualquer dia teria subido aqui para saciar sua fome no meu esqueleto.

Porque nem morto ela teria me abandonado. Nem depois de vários dias sem me ver e ouvir meus passos pela casa a cadela teria ido embora de Ainielle para buscar em outro povoado outro dono e outra casa. Teria ficado aqui, sem se afastar um só instante da entrada, vigiando de dia as entradas do povoado e uivando de noite para a lua. E, um dia, quando tudo acabasse, quando já nem conseguisse se manter em pé e sua boca e seus olhos começassem a se anuviar, deitaria num canto, como eu esta noite, para esperar sozinha a chegada da morte.

Foi a mesma coisa que fez o cão de Gavín, aquele velho ovelheiro que compartilhou com ele os quinze últimos anos de sua vida e que, quando ele morreu, ficou sozinho, como Adrián o Velho, sem casa, sem dono e sem ovelhas. Durante vários dias o cão ficou deitado diante da porta, quase sem sair do lugar, uivando tristemente, dia e noite. Sabina e eu às vezes lhe levávamos um pedaço de pão duro ou os restos dos ossos que a cadela, ainda filhote, não queria. Mas ele não tocava na comida. Nem deixava nos aproximarmos da casa quando íamos levá-la. Tínhamos que deixá-la num prato, na esquina da rua, enquanto ele grunhia de longe para nós, ameaçador. Uma noite, não pude mais agüentar seus gemidos lastimosos e saí com a escopeta, disposto a rematá-lo. Mas estava muito escuro e errei a pontaria. O cão fugiu sangrando e uivando de dor e, durante três ou quatro dias, continuamos ouvindo seus uivos no morro, até que, já totalmente dessangrado ou devorado pelos lobos, uma noite, de repente, calou-se para sempre.

É a mesma coisa que, dentro em muito breve, acontecerá também comigo. O que sou eu, senão um cão?

O que fui todos estes anos, aqui sozinho, senão o cão mais fiel desta casa e de Ainielle?

Durante todos estes anos, aqui sozinho, esquecido por todos, condenado a roer minha memória e meus ossos, guardei dia e noite os caminhos de Ainielle, não permitindo que ninguém se aproximasse do povoado. Durante todos estes anos, aqui sozinho, tal qual um cão, vi transcorrer os dias e os meses esperando que um dia se lembrasse de mim o único que pode fazer comigo o que fiz esta manhã com a cadela.

19

Nunca tive medo dele. Nem quando criança. Nem mesmo a noite em que a chuva amarela me mostrou seu segredo.

Nunca tive medo dele porque sempre soube que também é um pobre e solitário caçador de cães velhos.

Até mesmo, algumas vezes, ao ver que não chegava, pensando que talvez também ele tivesse esquecido que eu continuava vivendo, eu mesmo estive prestes a tentar o que Sabina e ele deviam ter feito há muito tempo. Porém não tive forças. Nem cheguei a levar minha intenção além do puro e simples pensamento. Sempre, no último instante, faltou-me a inteireza necessária para apertar o canhão da escopeta entre os dentes e sentir o cartucho fazer voar minha cabeça.

Mas dele nunca tive medo. Muitas vezes o chamei à noite, o caçador de cães, ao longo de todos estes anos, pedindo-lhe que fizesse comigo de uma vez o que fiz esta manhã com a cadela.

Demorou muito tempo, no entanto, para me ouvir. Muito mais do que eu mesmo acreditava ser capaz de suportar. Tanto tempo esperei por ele que, mesmo agora, tenho medo de que tudo seja um sonho do qual, dentro em muito breve, o amanhacer venha me tirar.

Mas não. Não é um sonho. É ele que está me chamando pelo nome no silêncio da noite. É ele que vem subindo a escada lentamente. Que está atravessando o corredor. Que está se aproximando dessa porta que está diante de meus olhos mas que já não posso nem ver.

20

Alguém acenderá uma vela e iluminará com ela as órbitas de meus olhos já vazias. Irão deixá-la na mesinha, ao lado da cama, e, depois, irão todos embora, deixando-me aqui sozinho novamente.

Passarão toda a noite na cozinha. Acenderão o fogo – depois de tantos dias – e esperarão todos juntos o amanhecer, contando os minutos e as horas, uma a uma. Enquanto a noite prosseguir, ninguém se atreverá a voltar aqui em cima para ver se a vela continua acesa. Até chegar o dia, ninguém se atreverá nem mesmo a sair da cozinha. Ficarão toda a noite ali sentados, todos juntos ao redor do lume, sem ânimo sequer para contar histórias e acontecimentos que os ajudem a entreter a espera, como de costume, e sem saber também que a sombra de minha mãe está a seu lado, sentada junto deles ao aconchego do lume.

Quando amanhecer, depois de tantas horas esperando na cozinha, sairão todos novamente à rua, com a estranha sensação de terem vivido um obscuro e interminável pesadelo. Algum deles até pensará por um instante, aspirando o ar fresco e penetrante da escarcha, que a noite passada nesta casa só foi uma lembrança ruim de outras noites que já acreditava esquecida entre as brumas de sua infância. Mas a chama da vela, na janela, se encarregará de lembrar-lhes que continuo aqui em cima. A chama da vela e, também, o cheiro de fruta morta e estragada que continuará envolvendo ainda de manhã, tal como agora, a macieira possuída pelo sangue de Sabina. E, então, sem perder um instante, como se tivessem previsto tudo de antemão, vários deles irão procurar tábuas nas casas – tábuas rotas, empenadas, que acabarão de arrancar das portas e dos pisos – enquanto o resto volta aqui para me descer até a cozinha embrulhado num cobertor.

Não ficarei ali mais que o tempo que levarem para construir o caixão. Certamente, nem terei de esperar que chegue o resto das pessoas de Berbusa. Porque ninguém irá buscá-las. Ninguém se lembrará nem mesmo de descer a Oliván para pedir ao padre que suba até aqui para me dar sepultura. Quando o caixão estiver pronto, eles mesmos me levarão nos ombros, em silêncio, pela viela já entulhada de mato e de urtigas, até a tumba que cavei esta manhã ao lado de Sabina e de minha filha. Nem sequer rezarão uma oração. Com a pá que deixei ali esquecida me cobrirão de terra e, nesse mesmo instante, para mim e para Ainielle, tudo estará concluído.

Talvez eles ainda fiquem algumas horas em Ainielle, percorrendo as casas em busca de ferramentas e algum móvel que ainda possam servir para as suas. A solidão do povoado e saber que já estou debaixo da terra sem dúvida os terá tranqüilizado. Talvez até esperem acabar de revistar todas as casas antes de retornar. Mas, ao cair da tarde, quando o vento começar a bater mais uma vez as janelas e as portas pelas ruas, recolherão suas coisas e iniciarão a volta para Berbusa.

Assim, quando eles chegarem ao alto de Sobrepuerto, certamente estará novamente começando a anoitecer. Sombras espessas avançarão como ondas pelas montanhas, e o sol, turvo e desfeito, cheio de sangue, se arrastará diante delas agarrando-se já sem forças aos tojos e ao amontoado de ruínas e escombros do que fora, em outros tempos (antes daquele incêndio que surpreendeu dormindo a família inteira e todos os seus animais), a solitária Casa de Sobrepuerto. O que estiver encabeçando o grupo se deterá a seu lado. Contemplará as ruínas, a solidão imensa e tenebrosa da paragem. Irá benzer-se em silêncio e esperar que os outros o alcancem. E, quando todos estiverem juntos, ao lado do casarão queimado, irão voltar-se ao mesmo tempo para ver a noite apoderar-se mais uma vez das casas e das árvores de Ainielle, enquanto um deles se benzerá de novo, murmurando em voz baixa:

– A noite fica para quem é.

Impressão e acabamento
CROMOSET
GRÁFICA E EDITORA LTDA.
Rua Uhland, 307 - Vila Ema
CEP: 03283-000 - SP
Tel/Fax: (011) 271.0149
271.0324 - 271.8196 - 216.3325